OEUVRES

DE

M. DE VOLTAIRE.

NOUVELLE EDITION,

Revue, corrigée & considérablement augmentée,
avec des Figures en Taille-douce.

TOME TROISIÈME.

L'ESPÉRANCE ME GUIDE

A AMSTERDAM,

Chez ETIENNE LEDET & Compagnie.

M. DCC. XXXVIII.

PIÈCES

Contenues dans le Tome III.

AVER-

ZAIRE TRAGEDIE.

L.F.D.B. inv.   F.M. La Cave Sculp.

L A

ZAYRE,

TRAGÉDIE.

A

AVERTISSEMENT.

CEux qui aiment l'Histoire Litté-
raire seront bien aises de savoir comment cette Pièce fut faite.
Plusieurs Dames avoient reproché à
l'Auteur qu'il n'y avoit pas assez d'a-
mour dans ses Tragédies. Il leur
répondit qu'il ne croyoit pas que ce
fût la véritable place de l'Amour ;
mais que puisqu'il falloit absolument
des Héros amoureux, il en feroit tout
comme un autre. La Pièce fut achevée en 18. jours : elle eut un grand
succès. On l'appelle à Paris Tragédie Chrétienne, & on l'a jouée fort
souvent à la place de Polieucte.

EPITRE

DÉDICATOIRE,

A MONSIEUR

FAKENER

MARCHAND ANGLAIS,

Depuis, Ambaſſadeur à Conſtantinople.

VOus êtes Anglais, mon cher Ami, & je ſuis né en France ; mais ceux qui aiment les Arts ſont tous concitoyens. Les honnêtes gens qui penſent, ont àpeu-près les mêmes principes , & ne compoſent qu'une République. Ainſi il n'eſt pas plus étrange , de voir aujourd'hui une Tragédie Françaiſe dédiée à un Anglais, ou à un Italien, que ſi un Citoyen d'Epheſe, ou d'Athènes,

A 3   avoit

avoit autrefois adreffé fon Ouvrage à un Grec d'une autre Ville. Je vous offre donc cette Tragédie comme à mon compatriote dans la Littérature, & comme à mon ami intime.

Je jouïs en même-tems du plaifir de pouvoir dire à ma Nation de quel œil les Négocians font regardés chez vous, quelle eftime on fait avoir en Angleterre pour une Profeffion qui fait la grandeur de l'Etat, & avec quelle fupériorité quelques-uns d'entre vous repréfentent leur Patrie dans le Parlement, & font au rang des Légiflateurs.

Je fai bien que cette Profeffion eft méprifée de nos Petits-Maîtres; mais vous favez auffi que nos Petits-Maîtres & les vôtres font l'efpè-ce la plus ridicule, qui rampe avec orgueil fur la furface de la Terre.

Une raifon encore qui m'engage à m'entre-tenir de Belles-Lettres avec un Anglais plutôt qu'avec un autre, c'eft votre heureufe liberté de penfer; elle en communique à mon efprit, mes idées fe trouvent plus hardies avec vous.

> Quiconque avec moi s'entretient,
>
> Semble difpofer de mon ame;
>
> S'il fent vivement, il m'enflamme,
>
> Et, s'il eft fort, il me foutient.
>
> Un Courtifan pêtri de feinte
>
> Fait dans moi triftement paffer
>
> Sa défiance & fa contrainte;

Mais

Mais un efprit libre & fans crainte

M'enhardit & me fait penfer.

Mon feu s'échauffe à fa lumiere,

Ainfi qu'un jeune Peintre inftruit

Sous Coypel & fous l'Argiliére,

De ces Maîtres qui l'ont conduit

Se rend la touche familiére;

Il prend malgré lui leur maniére

Et compofe avec leur efprit.

C'eft pourquoi Virgile fe fit

Un devoir d'admirer Homére,

Il le fuivit dans fa carriére,

Et fon émule il fe rendit,

Sans fe rendre fon plagiaire.

Ne craignez pas qu'en vous envoyant ma Pièce, je vous en faffe une longue apologie ; je pourrois vous dire pourquoi je n'ai pas donné à Zayre une vocation plus déterminée au Chriftianifme, avant qu'elle reconnût fon pere, & pourquoi elle cache fon fecret à fon Amant, &c. Mais les Efprits fages qui aiment à rendre juftice, verront bien mes raifons, fans que je les indique; pour les Critiques déterminés, qui font difpofés à ne me pas croire, ce feroit peine perdue que de leur dire mes raifons.

Je me vanterai avec vous d'avoir fait feule-

ment

ment une Pièce affez fimple, qualité dont on
doit faire cas de toutes façons.

Cette heureufe fimplicité

Fut un des plus dignes partages

De.la favante Antiquité.

Anglais, que cette nouveauté

S'introduife dans vos ufages;

Sur votre Théâtre infecté

D'horreurs, de gibets, de carnages

Mettez donc plus de vérité

Avec de plus nobles images.

Adiffon l'a déja tenté,

C'étoit le Poëte des Sages;

Mais il étoit trop concerté,

Et dans fon Caton fi vanté,

Ses deux filles, en vérité,

Sont d'infipides perfonnages.

Imitez du grand Adiffon,

Seulement ce qu'il a de bon:

Poliffez la rude action

De vos Melpomènes fauvages;

Travaillez pour les Connoiffeurs

De tous les tems, de tous les âges,

Et répandez dans vos Ouvrages

La

E P I T R E.

La simplicité de vos mœurs.

Que Messieurs les Poëtes Anglais ne s'imaginent pas que je veuille leur donner Zaïre pour modèle : je leur prêche la simplicité , le naturel, & la douceur des vers ; mais je ne me fais point du tout le Saint de mon Sermon. Si Zaïre a eu quelque succès , je le dois beaucoup moins à la bonté de mon Ouvrage, qu'à la prudence que j'ai eue de parler d'amour le plus tendrement qu'il m'a été possible. J'ai flatté en cela le goût de mon Auditoire : on est assez sûr de réussir quand on parle aux passions des gens plus qu'à leur Raison ; on veut de l'amour, quelque bon Chrétien que l'on soit, & je suis très-persuadé que bien en prit au Grand Corneille de ne s'être pas borné dans son Polieucte à faire casser les Statues de Jupiter par les Néophytes, car telle est la corruption du Genre Humain , que peut-être

De Polieucte la belle ame

Auroit foiblement attendri,

Et les vers Chrétiens qu'il déclame

Seroient tombés dans le décri;

N'eût été l'amour de sa femme

Pour ce Payen son favori,

Qui méritoit bien mieux sa flamme

Que son bon dévot de mari.

Même avanture à peu près est arrivée à Zaïre.

A 5

re. Tous ceux qui vont aux fpectacles, m'ont affûré, que fi elle n'avoit été que convertie, elle auroit peu intereffé ; mais elle eft amoureufe de la meilleure foi du monde, & voilà ce qui a fait fa fortune. Cependant il s'en faut bien que j'aye échapé à la cenfure.

Plus d'un éplucheur intraitable

M'a vetillé, m'a critiqué :

Plus d'un railleur impitoyable

Prétendoit que j'avois croqué,

Et peu clairement expliqué,

Un Roman très-peu vraifemblable

Dans ma cervelle fabriqué ,

Que le fujet en eft tronqué,

Que la fin n'eft pas raifonnable ;

Même on m'avoit pronoftiqué

Ce fifflet tant épouvantable,

Avec quoi le Public choqué

Régale un Auteur miférable.

Cher ami, je me fuis moqué

De leur cenfure infupportable;

J'ai mon Drame en public rifqué,

Et le Parterre favorable

Au lieu du fifflet, m'a claqué.

Des larmes mêmes ont offufqué

Plus

Plus d'un œil, que j'ai remarqué

Pleurer de l'air le plus aimable ;

Mais je ne fuis point requinqué,

Par un fuccès fi defirable,

Car j'ai comme un autre marqué

Tous les *deficit* de ma Fable.

Je fai qu'il eft indubitable,

Que pour former œuvre parfait,

Il faudroit fe donner au diable,

Et c'eft ce que je n'ai pas fait.

Je n'ofe me flatter que les Anglais faffent à Zaïre le même honneur qu'ils ont fait à Brutus (*), dont on va jouer la Traduction fur le Théâtre de Londres. Vous avez ici la réputation de n'être ni affez dévots pour vous foucier beaucoup du vieux Lufignan, ni affez tendres pour être touchés de Zaïre. Vous paffez pour aimer mieux une intrigue de Conjurez, qu'une intrigue d'Amans. On croit qu'à votre Théâtre on bat des mains au mot de Patrie, & chez nous à celui d'Amour ; cependant la vérité eft que vous mettez de l'amour tout comme nous dans vos Tragédies. Si vous n'avez pas la réputation d'être tendres, ce n'eft pas que vos Héros de Théâtre ne foient amoureux ; mais c'eft

(*) Mr. de Voltaire s'eft trompé ; on a traduit & joué Zaïre en Angleterre avec beaucoup de fuccès.

c'eſt qu'ils expriment rarement leur paſſion d'u-
ne maniere naturelle. Nos Amans parlent en
Amans, & les vôtres ne parlent encore qu'en
Poëtes.

Si vous permettez que les Français ſoient vos
Maîtres en galanterie ; il y a bien des choſes
en récompenſe , que nous pourrions prendre
de vous. C'eſt au Théâtre Anglais que je dois
la hardieſſe que j'ai eue, de mettre ſur la Scène les noms de nos Rois, & des anciennes Fa-
milles du Royaume. Il me paroît que cette
nouveauté pourroit être la ſource d'un genre de
Tragédie , qui nous eſt inconnu juſqu'ici, &
dont nous avons beſoin. Il ſe trouvera ſans
doute des Génies heureux , qui perfectionne-
ront cette idée, dont Zaïre n'eſt qu'une foible
ébauche. Tant que l'on continuera en France
de protéger les Lettres, nous aurons aſſez d'E-
crivains. La Nature forme preſque toujours
des hommes en tout genre de talent; il ne s'a-
git que de les encourager & de les employer.
Mais ſi ceux qui ſe diſtinguent un peu n'étoient
ſoutenus par quelque récompenſe honorable,
& par l'attrait plus flatteur de la conſidération,
tous les Beaux-Arts pourroient bien dépérir un
jour au milieu des abris élevés pour eux, &
ces Arbres plantés par Louïs XIV. dégénére-
roient faute de culture : le Public auroit toujours du goût , mais les grands Maîtres man-
queroient : un Sculpteur dans ſon Académie
verroit des hommes médiocres à côté de lui,
& n'éléveroit pas ſa penſée juſqu'à Girardon &
au Pujet; un Peintre ſe contenteroit de ſe croire

re fupérieur à fon Confrere , & ne fongeroit
pas à égaler le Pouffin. Puiffent les Succeffeurs
de Louïs XIV. fuivre toujours l'exemple de ce
grand Roi , qui donnoit d'un coup d'œil une noble émulation à tous les Artiftes ! Il encoura-
geoit à la fois un Racine & un Vanrobès, ...
il portoit notre Commerce & notre gloire par-
delà les Indes ; il étendoit fes graces fur des
Etrangers étonnés d'être connus & récompen-
fés par notre Cour.   Par-tout où étoit le mérite, il avoit un protecteur dans Louïs XIV.

Car de fon Aftre bienfaifant

Les influences libérales,

Du Caire au bord de l'Occident ,

Et fous les glaces Boréales

Cherchoient le mérite indigent.

Avec plaifir fes mains royales

Répandoient la gloire & l'argent,

Le tout fans brigue & fans cabales.

Guillelmini , Viviani ,

Et le célefte Caffini

Auprès des Lis venoient fe rendre,

Et quelque forte penfion

Vous auroit pris le grand Newton ,

Si Newton avoit pu fe prendre.

Ce font-là les heureux fuccès

Qui faifoient la gloire immortelle

De

De Louïs & du nom Français;

Ce Louïs étoit le modèle

De l'Europe & de vos Anglais.

On craignit que par ſes progrès,

Il n'envahît à tout jamais

La Monarchie univerſelle;

Mais il l'obtint par ſes bienfaits.

Vous n'avez pas chez vous de fondations pareilles aux Monumens de la munificence de nos Rois , mais votre Nation y ſupplée; vous n'avez pas beſoin des regards du Maître pour honorer & récompenſer les grands talents en tout genre. Le Chevalier Steele & le Chevalier Vanbrouk, étoient en même-tems Auteurs Comiques, & Membres du Parlement. La Primatie du Docteur Tillotſon , l'Ambaſſade de Mr. Prior , la Charge de Mr. Newton , le Miniſtère de Mr. Adiſſon , ne ſont que les ſuites ordinaires de la conſidération qu'ont chez vous les grands Hommes; vous les comblez de biens pendant leur vie, vous leur élevez des Mauſolées & des Statues après leur mort ; il n'y a pas juſqu'aux Actrices célèbres , qui n'ayent chez vous leur place dans les Temples à côté des grands Poëtes.

Votre Ofilde & ſa devanciére

Bracegirdle la Minaudiére ,

Pour avoir ſu dans leurs beaux jours

Réuſſir

Réuffir au grand art de plaire,
Ayant achevé leur carriére,
S'en furent avec le concours
De votre République entiére,
Sous un grand poële de velours,
Dans votre Eglife pour toujours,
Loger de fuperbe maniere.
Leur ombre en paroît encore fiére,
Et s'en vante avec les Amours.
Tandis que le divin Moliére
Bien plus digne d'un tel honneur
A peine obtint le froid bonheur
De dormir dans un Cimetiére:
Et que l'aimable le Couvreur
A qui j'ai fermé la paupiére
N'a pas eu même la faveur
De deux cierges & d'une biére;
Et que Monfieur de Laubiniere
Porta la nuit par charité
Ce corps autrefois fi vanté,
Dans un vieux Fiacre empaqueté,
Vers le bord de notre Riviére.
Voyez-vous pas à ce recit
L'Amour irrité qui gémit,
Qui s'envole en brifant fes armes,

Et

Et Melpomène toute en larmes,

Qui m'abandonne, & se bannit

Des Lieux ingrats qu'elle embellit

Si long-tems de ses nobles charmes.

Tout semble ramener les Français à la barbarie dont Louïs XIV. & le Cardinal de
Richelieu les ont tirez. Malheur aux Politiques qui ne connoissent pas le prix des Beaux-
Arts. La Terre est couverte de Nations aussi
puissantes que nous ; d'où vient cependant que
nous les regardons presque toutes avec peu
d'estime ? C'est par la raison qu'on méprise
dans la Societé un homme riche, dont l'esprit
est sans goût & sans culture. Sur-tout ne croyez pas que cet empire de l'esprit, & cet honneur d'être le modèle des autres Peuples, soit
une gloire frivole : elle est la marque infaillible de la grandeur d'un Empire : c'est toujours
sous les plus grands Princes que les Arts ont
fleuri ; & leur décadence est l'époque de celle
d'un Etat. L'Histoire est pleine de ces exemples, mais ce sujet me meneroit trop loin ; il
faut que je finisse cette Lettre déja trop longue, en vous envoyant un petit Ouvrage, qui
trouve naturellement sa place à la tête de cette
Tragédie. C'est une Epître en vers, à celle
qui a joué le rôle de Zaïre : je lui devois au
moins un compliment pour la façon dont elle
s'en est acquitée ;

Car le Prophète de la Mecque

Dans

Dans fon Sérail n'a jamais eu

Si gentille Arabefque ou Gréque,

Son œil noir, tendre, & bien fendu,

Sa voix, & fa grace extrinféque;

Ont mon Ouvrage défendu,

Contre l'Auditeur qui rebéque;

Mais quand le Lecteur morfondu

L'aura dans fa Bibliothéque,

Tout mon honneur fera perdu.

Adieu, mon Ami, cultivez toujours les Lettres & la Philofophie , fans oublier d'envoyer
des Vaiffeaux dans les Echelles du Levant. Je
vous embraffe de tout mon cœur.

V.

B   E P I-

EPITRE

A MADEMOISEL LE GOSSIN,

jeune Actrice qui a representé le
Rôle de Zaïre avec beau-
coup de succès.

EUNE Goſſin, reçois mon tendre hom-
mage,
Reçois mes Vers au Théâtre applau-
dis,
Protege-les. ZAYRE eſt ton ouvrage,
Il eſt à toi, puiſque tu l'embellis.
Ce ſont tes yeux, ces yeux ſi pleins de charmes,
Ta voix touchante, & tes ſons enchanteurs,
Qui du Critique ont fait tomber les armes.
Ta ſeule vûe adoucit les Cenſeurs,
L'Illuſion, cette Reine des cœurs,
Marche à ta ſuite, inſpire les allarmes,
Le ſentiment, les regrets, les douleurs,
Et le plaiſir de répandre des larmes.

Le

Le Dieu des Vers qu'on alloit dédaigner,
Eſt par ta voix aujourd'hui ſûr de plaire,
Le Dieu d'Amour à qui tu fus plus chére,
Eſt par tes yeux bien plus ſûr de régner.
Entre ces Dieux deſormais tu vas vivre:
Hélas! long-tems je les ſervis tous deux,
Il en eſt un que je n'oſe plus ſuivre.
Heureux cent fois le mortel amoureux,
Qui tous les jours peut te voir & t'entendre,
Que tu reçois avec un ſouris tendre,
Qui voit ſon ſort écrit dans tes beaux yeux,
Qui meurt d'amour, qui te plaît, qui t'adore,
Qui pénétré de cent plaiſirs divers,
A tes genoux oubliant l'Univers,
Parle d'amour, & t'en reparle encore,
Et malheureux qui n'en parle qu'en Vers!

ACTEURS.

OROSMANE, Soudan de Jérusalem.

LUSIGNAN, Prince du Sang des Rois de Jérusalem.

ZAYRE,
FATIME, } Esclaves du Soudan.

NE'RESTAN,
CHATILLON, } Chevaliers Français.

CORASMIN,
MELEDOR, } Officiers du Soudan.

UN ESCLAVE,

SUITE.

La Scène est au Sérail de Jérusalem.

ZAY-

ZAYRE,

TRAGÉDIE.

ACTE PREMIER.

SCENE I.

ZAYRE, FATIME.

FATIME.

J E ne m'attendois pas, jeune & belle Zaïre,
  Aux nouveaux fentimens que ce lieu vous infpire.
Quel efpoir fi flatteur, ou quels heureux deftins,
De vos jours ténébreux ont fait des jours ferains?

La paix de votre cœur augmente avec vos charmes.

Cet éclat de vos yeux n'eſt plus terni de larmes,

Vous ne les tournez plus vers ces heureux Climats

Où ce brave Français devoit guider nos pas;

Vous ne me parlez plus de ces belles Contrées

Où d'un Peuple poli les femmes adorées,

Reçoivent cet encens que l'on doit à vos yeux,

Compagnes d'un Epoux & Reines en tous lieux,

Libres ſans deshonneur, & ſages ſans contrainte,

Et ne devant jamais leurs vertus à la crainte.

Ne ſoupirez-vous plus pour cette liberté?

Le Sérail d'un Soudan, ſa triſte auſtérité,

Ce nom d'Eſclave enfin, n'ont-ils rien qui vous
gêne?

Préférez-vous Solyme aux rives de la Seine?

Z A Y R E.

On ne peut deſirer ce qu'on ne connoît pas.

Sur les bords du Jourdain le Ciel fixa nos pas.

Au Sérail des Soudans dès l'enfance enfermée,

Chaque jour ma Raiſon s'y voit accoutumée.

Le reſte de la Terre anéanti pour moi,

M'abandonne au Soudan, qui nous tient ſous ſa loi:

Je ne connois que lui, ſa gloire, ſa puiſſance:

Vivre ſous Oroſmane eſt ma ſeule eſpérance,

Le

Le reste est un vain songe.

F A T I M E.

Avez-vous oublié

Ce généreux Français dont la tendre amitié
Nous promit si souvent de rompre notre chaîne ?
Combien nous admirions son audace hautaine,
Quelle gloire il acquit dans ces tristes combats
Perdus par les Chrétiens sous les murs de Damas !
Orosmane vainqueur admirant son courage,
Le laissa sur sa foi partir de ce rivage.
Nous l'attendons encor, sa générosité
Devoit payer le prix de notre liberté.
N'en aurions-nous conçu qu'une vaine espérance ?

Z A Y R E.

Peut-être sa promesse a passé sa puissance.
Depuis plus de deux ans, il n'est point revenu.
Un étranger, Fatime, un captif inconnu,
Promet beaucoup, tient peu, permet à son courage
Des sermens indiscrets, pour sortir d'esclavage.
Il devoit délivrer dix Chevaliers Chrétiens,
Venir rompre leurs fers, ou reprendre les siens.
J'admirai trop en lui cet inutile zèle.
Il n'y faut plus penser.

     F A-

FATIME.

Mais s'il étoit fidèle;
S'il revenoit enfin dégager ſes ſermens,
Ne voudriez-vous pas. . . .

ZAYRE.

Fatime, il n'eſt plus tems.
Tout eſt changé. . . .   -

FATIME.

Comment? que prétendez-vous dire?

ZAYRE.

Va, c'eſt trop te celer le Deſtin de Zaïre,
Le ſecret du Soudan doit encor ſe cacher,
Mais mon cœur dans le tien ſe plaît à s'épancher.
Depuis près de trois mois , qu'avec d'autres Cap-
    tives,
On te fit du Jourdain abandonner les rives,
Le Ciel, pour terminer les malheurs de nos jours,
D'une main plus puiſſante a choiſi le ſecours,
Ce ſuperbe Oroſmane. . . .

FATIME.

Eh bien?

Z A Y.

Z A Y R E.

　　　　　　Ce Soudan même,
Ce Vainqueur des Chrétiens.... chere Fatime....
　　il m'aime. ...
Tu rougis... je t'entends... garde-toi de penſer,
Qu'à briguer ſes ſoupirs je puiſſe m'abbaiſſer,
Que d'un Maître abſolu la ſuperbe tendreſſe
M'offre l'honneur honteux du rang de ſa Maîtreſ-
　　ſe,
Et que j'eſſuïe enfin l'ourrage & le danger
Du malheureux éclât d'un amour paſſager.
Cette fierté qu'en nous ſoutient la modeſtie,
Dans mon cœur à ce point ne s'eſt pas démentie.
Plutôt que juſques-là j'abbaiſſe mon orgueil,
Je verrois ſans pâlir les fers & le cercueil,
Je m'en vais t'étonner, ſon ſuperbe courage
A mes foibles appas préſente un pur hommage,
Parmi tous ces objets à lui plaire empreſſés,
J'ai fixé ſes regards à moi ſeule adreſſés,
Et l'hymen confondant leurs intrigues fatales,
Me ſoumettra bien-tôt ſon cœur & mes rivales.

F A T I M E.

Vos appas, vos vertus, ſont dignes de ce prix,
Mon cœur en eſt flatté plus qu'il n'en eſt ſurpris:
　　　　B 5　　　　　　　　Que

Que vos félicités, s'il se peut, soient parfaites,
Je me vois avec joie au rang de vos Sujetes.

Z A Y R E.

Sois toujours mon égale, & goûte mon bonheur,
Avec-toi partagé je sens mieux sa douceur.

F A T I M E.

Hélas ! puisse le Ciel souffrir cet hymenée !
Puisse cette grandeur qui vous est destinée,
Qu'on nomme si souvent du faux nom de bonheur,
Ne point laisser de trouble au fond de votre cœur !
N'est-il point en secret de frein qui vous retienne ?
Ne vous souvient-il plus que vous fûtes Chrétien-
　　ne ?

Z A Y R E.

Ah ! que dis-tu ? pourquoi rappeller mes ennuis ?
Chere Fatime, hélas ! sai-je ce que je suis ?
Le Ciel m'a-t-il jamais permis de me connoître,
Ne m'a-t-il pas caché le sang qui m'a fait naître ?

F A T I M E.

Néreftan qui nâquit non loin de ce séjour,
Vous dit que d'un Chrétien vous reçutes le jour ;
Que dis-je ? cette Croix qui sur vous fut trouvée,
Parure de l'enfance avec soin conservée,

　　　　　　　　　　　　　　　　Ce

Ce figne des Chrétiens que l'art dérobe aux yeux
Sous ce brillant éclat d'un travail précieux,
Cette Croix, dont cent fois mes foins vous ont pa-
  rée,
Peut-être entre vos mains eft-elle demeurée
Comme un gage fecret de la fidélité,
Que vous deviez au Dieu que vous avez quitté.

ZAYRE.

Je n'ai point d'autre preuve, & mon cœur qui s'i-
  gnore,
Peut-il fuivre une loi que mon Amant abhorre?
La Coutume, en ces lieux plia mes premiers ans,
A la Religion des heureux Mufulmans :
Je le vois trop : les foins qu'on prend de notre en-
  fance,
Forment nos fentimens, nos mœurs, notre créan-
  ce ;
J'euffe été près du Gange efclave des faux Dieux,
Chrétienne dans Paris, Mufulmane en ces lieux.
L'inftruction fait tout, & la main de nos Peres
Grave en nos foibles cœurs ces premiers caractè-
  res ,
Que l'exemple & le tems nous viennent retracer,
Et que peut-être en nous, Dieu feul peut effacer.
Prifonniére en ces lieux tu n'y fus renfermée
Que lors que ta Raifon par l'âge confirmée,

                                    Pour

Pour éclairer ta foi te prêtoit fon flambeau ;
Pour moi des Sarrazins efclave en mon berceau,
La foi de nos Chrétiens me fut trop tard connue,
Contre elle cependant, loin d'être prévenue,
Cette Croix, je l'avoue, a fouvent malgré moi
Saifi mon cœur furpris de refpect & d'effroi ;
J'ofois l'invoquer même avant qu'en ma penfée,
D'Orofmane en fecret l'image fut tracée ;
J'honore, je chéris ces charitables loix
Dont ici Néreftan me parla tant de fois ;
Ces loix qui de la Terre écartant les miféres,
Des humains attendris font un Peuple de freres ;
Obligés de s'aimer, fans doute, ils font heureux.

F A T I M E.

Pourquoi donc aujourd'hui vous déclarer contr'eux ?
A la Loi Mufulmane à jamais affervie,
Vous allez des Chrétiens devenir l'ennemie,
Vous allez époufer leur fuperbe Vainqueur.

Z A Y R E.

Eh qui refuferoit le prefent de fon cœur ?
De toute ma foibleffe il faut que je convienne,
Peut-être fans l'amour, j'aurois été Chrétienne ;
Peut-être qu'à ta Loi j'aurois facrifié
Mais Orofmane m'aime, & j'ai tout oublié.

Je

Je ne vois qu'Orofmane, & mon ame enyvrée
Se remplit du bonheur de s'en voir adorée.
Mets-toi devant les yeux fa grace, fes exploits,
Songe à ce bras puiffant , vainqueur de tant de
    Rois,
A cet aimable front que la gloire environne:
Je ne te parle point du Sceptre qu'il me donne,
Non, la reconnoiffance eft un foible retour,
Un tribut offenfant, trop peu fait pour l'amour;
Mon cœur aime Orofmane , & non fon Diadê-
    me,
Chere Fatime, en lui je n'aime que lui-même.
Peut être j'en crois trop un penchant fi flateur;
Mais fi le Ciel fur lui déployant fa rigueur,
Aux fers que j'ai portés eût condamné fa vie,
Si le Ciel fous mes loix eût rangé la Syrie,
Ou mon amour me trompe, ou Zaïre aujourd'hui
Pour l'élever à foi defcendroit jufqu'à lui.

FATIME.

On marche vers ces lieux , fans doute , c'eft lui-
    même.

ZAYRE.

Mon cœur qui le prévient , m'annonce ce que j'ai-
    me.
                          Depuis

Depuis deux jours, Fatime, abfent de ce Palais,
Enfin mon tendre amour le rend à mes fouhaits.

SCE'NE II.

OROSMANE, ZAYRE, FATIME.

OROSMANE.

Vertueufe Zaïre, avant que l'hymenée
Joigne à jamais nos cœurs & notre deftinée,
J'ai cru, fur mes projets, fur vous, fur mon a-
mour,
Devoir en Mufulman vous parler fans détour.
Les Soudans qu'à genoux cet Univers contemple,
Leurs ufages, leurs droits, ne font point mon
exemple;
Je fai que notre Loi favorable aux plaifirs,
Ouvre un champ fans limite à nos vaftes defirs,
Que je puis à mon gré, prodiguant mes tendref-
fes,
Recevoir à mes pieds l'encens de mes Maîtreffes,
Et tranquile au Sérail, diétant mes volontés,
Gouverner mon Païs du fein des voluptés;
Mais la mollefe eft douce, & fa fuite eft cruelle;
Je vois autour de moi cent Rois vaincus par elle,

Je

Je vois de Mahomet ces lâches fuccefleurs,

Ces Califes tremblans dans leurs triftes grandeurs,

Couchés fur les débris de l'Autel & du Trône,

Sous un nom fans pouvoir , languir dans Babylone ;

Eux , qui feroient encor, ainfi que leurs ayeux,

Maîtres du Monde entier, s'ils l'avoient été d'eux.

Bouillon leur arracha Solyme & la Syrie ;

Mais bien-tôt pour punir une Secte ennemie,

Dieu fufcita le bras du puiffant Saladin ;

Mon Pere, après fa mort, affervit le Jourdain,

Et moi foible héritier de fa grandeur nouvelle ,

Maître encor incertain d'un Etat qui chancelle,

Je vois ces fiers Chrétiens , de rapine altérés,

Des bords de l'Occident vers nos bords attirés ;

Et lorfque la Trompette & la voix de la Guerre ,

Du Nil au Pont-Euxin font retentir la Terre,

Je n'irai point en proie à de lâches amours,

Aux langueurs d'un Sérail abandonner mes jours.

J'attefte ici la Gloire, & Zaïre, & ma flâme,

De ne choifir que vous pour Maîtreffe & pour femme,

De vivre votre ami, votre amant, votre époux,

De partager mon cœur entre la guerre & vous.

Ne croyez pas non plus , que mon honneur confie

L2

La vertu d'une époufe à ces monftres d'Afie ,

.Du Sérail des Soudans gardes injurieux,

Et des plaifirs d'un Maître efclaves odieux :

. Je fai vous eftimer autant que je vous aime ,

Et fur votre vertu me fier à vous-même :

Après un tel aveu, vous connoiffez mon cœur,

Vous fentez qu'en vous feule il a mis fon bonheur ,

Vous comprenez affez quelle amertume affreufe

Corromproit de mes jours la durée odieufe,

Si vous ne receviez les dons que je vous fais ,

Qu'avec ces fentimens que l'on doit aux bienfaits ;

Je vous aime, Zaïre, & j'attends de votre ame

Un amour qui réponde à ma brûlante flâme :

Je l'avourai ,   mon cœur ne veut rien qu'ardem-
ment,

Je me croirois haï d'être aimé foiblement ;

De tous mes fentimens tel eft le caractère ,

Je veux avec excès vous aimer & vous plaire.

Si d'une égale amour votre cœur eft épris ,

Je viens vous époufer, mais c'eft à ce feul prix,

Et du nœud de l'hymen l'étreinte dangereufe,

Me rend infortuné s'il ne vous rend heureufe.

Z A Y-

Z A Y R E.

Vous, Seigneur, malheureux! Ah! fi votre grand
    cœur

A fur mes fentimens pu fonder fon bonheur,

S'il dépend en effet de mes flâmes fecrettes;

Quel mortel fut jamais plus heureux que vous l'ê-
    tes!

Ces noms chers & facrés, & d'Amant & d'Epoux,

Ces noms nous font communs; & j'ai par-deffus
    vous,

Ce plaifir fi flatteur à ma tendreffe extrême,

De tenir tout, Seigneur, du bienfaiêteur que j'ai-
    me,

De voir que fes bontés font feules mes deftins,

D'être l'ouvrage heureux de fes auguftes mains,

De révérer, d'aimer un Héros que j'admire.

Oui, fi parmi les cœurs foumis à votre Empire,

Vos yeux ont difcerné les hommages du mien;

Si votre augufte choix. . . .

❀❀❀❀❀❀❀❀❀❀❀❀❀❀❀❀

SCÈNE III.

OROSMANE, ZAYRE, FATIME,
CORASMIN.

CORASMIN.

CEt efclave Chrétien,
Qui fur fa foi, Seigneur, a paffé dans la France,
Revient au moment même, & demande audience.

FATIME.

O Ciel!

OROSMANE.

Il peut entrer. Pourquoi ne vient-il pas?

CORASMIN.

Dans la premiere enceïnte il arrête fes pas:
Seigneur, je n'ai pas cru qu'aux regards de fon Maître,
Dans ces auguftes lieux, un Chrétien pût paroître.

OROSMANE.

Qu'il paroiffe; en tous lieux, fans manquer de refpect,

Cha-

Chacun peut deformais jouïr de mon afpect.
Je vois avec mépris ces maximes terribles,
Qui font de tant de Rois des tyrans invifibles.

S C E' N E IV.

OROSMANE, ZAYRE, FATIME, CO-
RASMIN, NE'RESTAN.

NE'RESTAN.

REfpectable ennemi qu'eftiment les Chrétiens,
Je reviens dégager mes fermens & les tiens;
J'ai fatisfait à tout, c'eft à toi d'y foufcrire,
Je te fais apporter la rançon de Zaïre,
Et celle de Fatime, & de dix Chevaliers,
Dans les murs de Solyme illuftres prifonniers.
Leur liberté par moi trop long-tems retardée,
Quand je reparoîtrois leur dût être accordée,
Sultan, tiens ta parole, ils ne font plus à toi,
Et dès ce moment même ils font libres par moi;
Mais graces à mes foins, quand leur chaîne eft bri-
fée,
A t'en payer le prix ma fortune épuifée,
Je ne le céle pas, m'ôte l'efpoir heureux

De faire ici pour moi ce que je fais pour eux;

Une pauvreté noble eſt tout ce qui me reſte,

J'arrache des Chrétiens à leur priſon funeſte,

Je remplis mes ſermens, mon honneur, mon de-
　　voir,

Il me ſuffit; Je viens me mettre en ton pouvoir,

Je me rends priſonnier, & demeure en ôtage.

OROSMANE.

Chrétien, je ſuis content de ton noble courage;

Mais ton orgueil ici ſe ſeroit-il flaté

D'effacer Oroſmane en généroſité?

Reprends ta liberté, remporte tes richeſſes,

A l'or de ces rançons joins mes juſtes largeſſes;

Au lieu de dix Chrétiens que je dus t'accorder,

Je t'en veux donner cent, tu les peux demander;

Qu'ils aillent ſur tes pas apprendre à ta Patrie,

Qu'il eſt quelques vertus au fond de la Syrie;

Qu'ils jugent en partant, qui méritoit le mieux,

Des Luſignans, ou moi, l'Empire de ces lieux.

Mais parmi ces Chrétiens que ma bonté délivre,

Luſignan ne fut point réſervé pour te ſuivre:

De ceux qu'on peut te rendre il eſt ſeul excepté,

Son nom ſeroit ſuſpect à mon autorité:

Il eſt du ſang Français qui régnoit à Solyme,

On

On fait fon droit au Trône, & ce droit eft un crime,

Du Deftin qui fait tout, tel eft l'Arrêt cruel.

Si j'euffe été vaincu je ferois criminel :

Lufignan, dans les fers, finira fa carriére,

Et jamais du Soleil ne verra la lumiére :

Je le plains; mais pardonne à la néceffité,

Ce refte de vengeance & de févérité;

Pour Zaire, crois-moi, fans que ton cœur s'offenfe,

Elle n'eft pas d'un prix qui foit en ta puiffance;

Tes Chevaliers Français, & tous leurs Souverains,

S'uniroient vainement pour l'ôter de mes mains.

Tu peux partir.

N E' R E S T A N.

Qu'entends-je? elle nâquit Chrétienne;

J'ai pour la délivrer ta parole, & la fienne;

Et quant à Lufignan, ce Vieillard malheureux,

Pourroit-il? . . .

O R O S M A N E.

Je t'ai dit, Chrétien, que je le veux.

J'honore ta vertu; mais cette humeur altiére

Se faifant eftimer commence à me déplaire;

Sors, & que le Soleil levé fur mes Etats

De-

Demain près du Jourdain ne te retrouve pas. *Il sort.*

F A T I M E.

O Dieu, secourez-nous.

O R O S M A N E.

Et vous, allez, Zaïre,
Prenez dans le Sérail un souverain empire,
Commandez en Sultane, & je vais ordonner
La pompe d'un hymen qui vous doit couronner.

S C E N E V.

O R O S M A N E, C O R A S M I N.

O R O S M A N E.

Corasmin, que veut donc cet Esclave infidelle?
Il soupiroit... ses yeux se sont tournés vers elle.
Les as-tu remarqués?

C O R A S M I N.

Que dites-vous, Seigneur,
De ce soupçon jaloux écoutez-vous l'erreur?

O R O S M A N E.

Moi, jaloux! qu'à ce point ma fierté s'avilisse?

Que

Que j'éprouve l'horreur de ce honteux supplice?

Moi, que je puisse aimer comme l'on fait haïr?

Quiconque est soupçonneux invite à le trahir;

Je vois à l'amour seul ma Maîtresse asservie,

Cher Corasmin, je l'aime avec idolatrie,

Mon amour est plus fort, plus grand que mes bienfaits,

Je ne suis point jaloux.... si je l'étois jamais....

Si mon cœur . . . Ah! chassons cette importune
idée,

D'un plaisir pur & doux mon ame est possédée:

Va, fais tout préparer pour ces momens heureux

Qui vont joindre ma vie à l'objet de mes vœux:

Je vais donner une heure aux soins de mon Empire,

Et le reste du jour sera tout à Zaïre.

Fin du premier Acte.

A C T E II.

S C E N E I.

N E'R E S T A N, C H A T I L L O N.

C H A T I L L O N.

 BRAVE Néreſtan , Chevalier géné-
reux ,

Vous qui briſez les fers de tant de malheureux :

Vous, Sauveur des Chrétiens qu'un Dieu Sauveur
envoie,

Paroiſſez, montrez-vous, goûtez la douce joie

De voir nos compagnons pleurans à vos genoux,

Baiſer l'heureuſe main qui nous délivre tous :

Aux portes du Sérail en foule ils vous demandent,

Ne privez point leurs yeux du Héros qu'ils attendent,

Et qu'unis à jamais ſous notre Bienfaicteur. . . .

N E'-

N E´ R E S T A N.

Illuftre Châtillon , modérez cet honneur ;

J'ai rempli d'un Chrétien le devoir ordinaire,

J'ai fait ce qu'à ma place on vous auroit vu faire.

C H A T I L L O N.

Sans doute, & tout Chrétien, tout digne Chevalier ,

Pour fa Religion fe doit facrifier ;

Et la félicité des cœurs tels que les nôtres,

Confifte à tout quitter pour le bonheur des autres.

Heureux à qui le Ciel a donné le pouvoir

De remplir comme vous un fi noble devoir !

Pour nous , triftes jouets du fort qui nous opprime,

Nous malheureux Français , Efclaves dans Solyme ,

Oubliés dans les fers, où long-tems fans fecours,

Le Pere d'Orofmane abandonna nos jours :

Jamais nos yeux fans vous ne reverroient la France.

N E´ R E S T A N.

Dieu s'eft fervi de moi, Seigneur, fa Providence

De ce jeune Orofmane a fléchi la rigueur ;

Mais quel trifte mêlange altére ce bonheur !

Que de ce fier Soudan la clémence odieufe,

C 5   Répand

Répand fur fes bienfaits une amertume affreufe !
Dieu me voit & m'entend, il fait fi dans mon cœur.
J'avois d'autres projets que ceux de fa grandeur.
Je faifois tout pour lui : j'efpérois de lui rendre
Une jeune Beauté qu'à l'âge le plus tendre,
Le cruel Noradin fit Efclave avec moi,
Lorfque les ennemis de notre augufte Foi,
Baignant de notre fang la Syrie enyvrée,
Surprirent Lufignan vaincu dans Céfarée :
Du Sérail des Sultans fauvé par des Chrétiens,
Remis depuis trois ans dans mes premiers liens,
Renvoyé dans Paris fur ma feule parole,
Seigneur, je me flattois... Efpérance frivole,
De ramener Zaïre à cette heureufe Cour,
Où Louïs, des vertus a fixé le féjour :
Déja même la Reine, à mon zèle propice,
Lui tendoit de fon Trône une main protectrice ;
Enfin lorfquelle touche au moment fouhaité
Qui la tiroit du fein de fa captivité,
On la retient . . . Que dis-je . . . Ah ! Zaïre el-
    le-même,
Oubliant les Chrétiens pour ce Soudan qui l'ai-
    me . . .
N'y penfons plus... Seigneur, un refus plus cruel
Vient m'accabler encor d'un déplaifir mortel,
Des Chrétiens malheureux l'efpérance eft trahie.
                                    C H A-

CHATILLON.

Je vous offre pour eux, ma liberté, ma vie,
Difposez-en, Seigneur, elle vous appartient.

NE'RESTAN.

Seigneur, ce Lufignan qu'à Solyme on retient,
Ce dernier d'une race en Héros fi féconde,
Ce Guerrier dont la gloire avoit rempli le Mon-
de,
Ce Héros malheureux de Bouillon defcendu,
Aux foupirs des Chrétiens ne fera point rendu.

CHATILLON.

Seigneur, s'il eft ainfi, votre faveur eft vaine:
Quel indigne Soldat voudroit brifer fa chaîne,
Alors que dans les fers fon Chef eft retenu ?
Lufignan, comme à moi, ne vous eft pas connu,
Seigneur, remerciez ce Ciel, dont la clémence
A pour votre bonheur placé votre naiffance,
Long-tems après ces jours à jamais déteftés,
Après ces jours de fang & de calamités,
Où je vis fous le joug de nos barbares Maîtres,
Tomber ces murs facrés conquis par nos Ancê-
cêtres.
Ciel! fi vous aviez vu ce Temple abandonné,
Du Dieu que nous fervons, le Tombeau profané,

Nos

Nos peres, nos enfans, nos filles & nos femmes,

Aux pieds de nos Autels expirans dans les flâmes,

Et notre dernier Roi courbé du faix des ans,

Maſſacré ſans pitié ſur ſes fils expirans!

Luſignan, le dernier de cette auguſte race,

Dans ces momens affreux ranimant notre audace,

Au milieu des débris des Temples renverſés,

Des vainqueurs, des vaincus, & des morts en-
    taſſés,

Terrible, & d'une main reprenant cette épée,

Dans le ſang infidèle à tout moment trempée,

Et de l'autre à nos yeux montrant avec fierté

De notre ſainte Foi le ſigne redouté,

Criant à haute voix, Français, ſoyez fidèles...

Sans doute en ce moment, le couvrant de ſes aî-
    les,

La vertu du Très-Haut qui nous ſauve aujourd'-
    hui,

Applaniſſoit ſa route, & marchoit devant lui,

Et des triſtes Chrétiens la foule délivrée,

Vint porter avec nous ſes pas dans Céſarée:

Là, par nos Chevaliers d'une commune voix,

Luſignan fut choiſi pour nous donner des loix.

O mon cher Néreſtan! Dieu qui nous humilie,

N'a pas voulu ſans doute, en cette courte vie,

Nous accorder le prix qu'il doit à la vertu,

Vaine-

Vainement pour fon nom nous avons combattu.

Reſſouvenir affreux, dont l'horreur me dévore!

Jéruſalem en cendre, hélas! fumoit encore,

Lorſque dans notre aſyle attaqués & trahis,

Et livrés par un Grec à nos fiers ennemis,

La flâme, dont brûla Sion deſeſpérée,

S'étendit en fureur aux murs de Céſarée;

Ce fut-là le dernier de trente ans de revers,

Là, je vis Luſignan chargé d'indignes fers,

Inſenſible à ſa chûte, & grand dans ſes miſéres,

Il n'étoit attendri que des maux de ſes freres.

Seigneur, depuis ce tems, ce Pere des Chrétiens

Réſſerré loin de nous, blanchi dans ſes liens,

Gémit dans un cachot, privé de la lumiére,

Oublié de l'Aſie, & de l'Europe entière:

Tel eſt ſon fort affreux; & qui peut aujourd'hui,

Quand il ſouffre pour nous, ſe voir heureux ſans
    lui?

N E' R E S T A N.

Ce bonheur, il eſt vrai, ſeroit d'un cœur barbare:

Que je hais le deſtin qui de lui nous ſépare!

Que vers lui vos diſcours m'ont ſans peine entraî-
    né!

Je connois ſes malheurs, avec eux je ſuis né,

Sans un trouble nouveau je n'ai pu les entendre;

                    Votre

Votre prifon, la fienne, & Céfarée en cendre,

Sont les premiers objets, font les premiers revers

Qui frappérent mes yeux à peine encore ouverts.

Je fortois du berceau : ces images fanglantes

Dans vos triftes recits me font encor préfentes.

Au milieu des Chrétiens dans un Temple immo-
lés,

Quelques enfans, Seigneur, avec moi raffemblés,

Arrachés par des mains de carnage fumantes,

Aux bras enfanglantés de nos meres tremblantes,

Nous fûmes tranfportés dans ce Palais des Rois,

Dans ce même Sérail, Seigneur, où je vous vois;

Noradin m'éleva près de cette Zaïre,

Qui depuis. . . . . pardonnez fi mon cœur en fou-
pire,

Qui depuis égarée en ce funefte lieu,

Pour un Maître barbare abandonna fon Dieu.

C H A T I L L O N.

Telle eft des Mufulmans la funefte prudence,

De leurs Chrétiens captifs, ils féduifent l'enfance;

Et je benis le Ciel propice à nos deffeins,

Qui dans vos premiers ans vous fauva de leurs
mains;

Mais, Seigneur, après tout cette Zaïre même,

Qui

«Qui renonce aux Chrétiens pour le Soudan qui
　　l'aime ,

De fon crédit au moins nous pourroit fecourir :

Qu'importe de quel bras Dieu daigne fe fervir ?

M'en croirez-vous? le jufte auffi-bien que le fage,

Du crime & du malheur fait tirer avantage ;

Vous pourriez de Zaïre employer la faveur

A fléchir Orofmane, à toucher fon grand cœur,

A nous rendre un Héros, que lui-même a du plain-
　　dre,

Que fans doute il admire, & qui n'eft plus à crain-
　　dre.

N E´ R E S T A N.

Mais ce même Héros, pour brifer fes liens,

Voudra-t-il qu'on s'abaiffe à ces honteux moyens?

Et quand il le voudroit, eft-il en ma puiffance

D'obtenir de Zaïre un moment d'audience?

Croyez-vous qu'Orofmane y daigne confentir?

Le Sérail à ma voix pourra-t-il fe rouvrir ?

Quand je pourrois enfin paroître devant elle,

Que faut-il efpérer d'une femme infidelle,

A qui mon feul afpect doit tenir lieu d'affront ,

Et qui lira fa honte écrite fur mon front?

Seigneur, il eft bièn dur, pour un cœur magnani-
　　me,

D'attendre des fecours de ceux qu'on mefeftime :
　　　　　　　　　　　　　　　Leurs

Leurs refus font affreux, leurs bienfaits font rougir.

C H A T I L L O N.

Songez à Lufignan, fongez à le fervir.

N E' R E S T A N.

Eh bien. . . . Mais quels chemins jufqu'à cette
infidelle

Pourront . . . . On vient à nous. Que vois-je?
ô Ciel! c'eft elle.

S C E' N E II.

Z A Y R E, C H A T I L L O N, N E'-
R E S T A N.

Z A Y R E à *Néreſtan.*

C'Eft vous, digne Français, à qui je viens parler,

Le Soudan le permet, ceffez de vous troubler,

Et raffûrant mon cœur qui tremble à votre approche,

Chaffez de vos regards la plainte & le reproche;

Seigneur, nous nous craignons, nous rougiffons
tous deux,

Je fouhaite & je crains de rencontrer vos yeux;

L'un

L'un à l'autre attachés depuis notre naiſſance,
Une affreuſe priſon renferma notre enfance,
Le ſort nous accabla du poids des mêmes fers
Que la tendre amitié nous rendoit plus legers:
Il me fallut depuis gémir de votre abſence,
Le Ciel porta vos pas aux rives de la France:
Priſonnier dans Solyme, enfin je vous revis,
Un entretien plus libre alors m'étoit permis,
Eſclave dans la foule où j'étois confondue,
Aux regards du Soudan je vivois inconnue:
Vous daignâtes bien-tôt, ſoit grandeur, ſoit pitié,
Soit plutôt digne effet d'une pure amitié,
Revoyant des Français le glorieux Empire,
Y chercher la rançon de la triſte Zaïre,
Vous l'apportez, le Ciel a trompé vos bienfaits,
Loin de vous dans Solyme il m'arrête à jamais;
Mais quoi que ma fortune ait d'éclat & de char-
    mes,
Je ne puis vous quitter ſans répandre des larmes,
Toujours de vos bontés je vais m'entretenir,
Chérir de vos vertus le tendre ſouvenir,
Comme vous des humains ſoulager la miſere,
Protéger les Chrétiens, leur tenir lieu de mere,
Vous me les rendez chers, & ces infortunés....

D   N E'·

NE'RESTAN.

Vous, les protéger! vous, qui les abandonnez!
Vous, qui des Lufignans foulant aux pieds la cen-
    dre. . . .

ZAYRE.

Je la viens honorer, Seigneur, je viens vous ren-
    dre . . .
Le dernier de ce fang, votre amour, votre efpoir:
Oui, Lufignan eft libre, & vous l'allez revoir.

CHATILLON.

O Ciel! nous reverrions notre appui, notre pere!

NE'RESTAN.

Les Chrétiens vous devroient un tête fi chere!

ZAYRE.

J'avois fans efpérance ofé la demander,
Le généreux Soudan veut bien nous l'accorder,
Qn l'amene en ces lieux.

NE'RESTAN.

              Que mon ame eft émue!

ZAYRE.

Mes larmes, malgré moi, me dérobent fa vûe,
Ainfi que ce Vieillard, j'ai langui dans les fers;

                             Qui

Qui ne fait compatir aux maux qu'on a soufferts ?

NE'RESTAN.

Grand Dieu ! que de vertu dans une ame infidelle !

S C E' N E III.

ZAYRE, LUSIGNAN, CHATILLON, NE'RESTAN,

Plufieurs Efclaves Chrétiens.

LUSIGNAN.

DU féjour du trépas, quelle voix me rappelle ?
Suis-je avec des Chrétiens ? .... guidez mes pas
   tremblans.
Mes maux m'ont affoibli plus encor que mes ans.
En s'affeïant. Suis-je libre en effet ?

ZAYRE.

Oui, Seigneur ; oui, vous l'êtes.

CHATILON.

Vous vivez, vous calmez nos douleurs inquietes.
Tous nos triftes Chrétiens ....

LU-

LUSIGNAN.

O jour! ô douce voix!
Châtillon, c'eſt donc vous? c'eſt vous que je re-
vois!
Martyr, ainſi que moi, de la Foi de nos Peres,
Le Dieu que nous ſervons finit-il nos miſeres?
En quels lieux ſommes-nous? Aidez mes foibles
yeux.

C H A T I L L O N.

C'eſt ici le Palais qu'ont bâti vos Ayeux,
Du fils de Noradin c'eſt le ſéjour profane.

Z A Y R E.

Le Maître de ces lieux, le puiſſant Oroſmane
Sait connoître, Seigneur, & chérir la vertu.
Ce généreux Français qui vous eſt inconnu,

En montrant Néreſtan.

Par la gloire amené des rives de la France,
Venoit de dix Chrétiens payer la délivrance:
Le Soudan, comme lui, gouverné par l'honneur
Croit en vous délivrant, égaler ſon grand cœur.

L U S I G N A N.

Des Chevaliers Français, tel eſt le caractère,
Leur Nobleſſe en tout tems me fut utile & chere.

Trop

Trop digne Chevalier, quoi ! vous paſſez les Mers
Pour ſoulager nos maux, & pour briſer nos fers !
Ah, parlez, à qui dois-je un ſervice ſi rare ?

NE´RESTAN.

Mon nom eſt Néreſtan, le ſort long-tems barbare,
Qui dans les fers ici me mit preſque en naiſſant,
Me fit quitter bien-tôt l'Empire du Croiſſant ;
A la Cour de Louïs, guidé par mon courage,
De la guerre ſous lui j'ai fait l'apprentiſſage,
Ma fortune & mon rang ſont un don de ce Roi,
Si grand par ſa valeur, & plus grand par ſa foi ;
Je le ſuivis, Seigneur, au bord de la Charante,
Lorsque du fier Anglais la valeur menaçante
Cédant à nos efforts trop long-tems captivés
Satisfit en tombant aux Lys qu'ils ont bravés ;
Venez, Prince, & montrez au plus grand des Mo-
  narques,
De vos fers glorieux les vénérables marques ;
Paris va révérer le Martyr de la Croix,
Et la Cour de Louïs eſt l'Aſyle des Rois.

LUSIGNAN.

Hélas ! de cette Cour j'ai vu jadis la gloire,
Quand Philippe à Bovine enchaînoit la victoire,

Je

Je combattois, Seigneur, avec Montmorency,
Melun, Deftaing, de Nefle, & ce fameux Couci.
Mais à revoir Paris je ne dois plus prétendre:
Vous voyez qu'au tombeau je fuis prêt à defcen-
    dre,
Je vais au Roi des Rois demander aujourd'hui
Le prix de tous les maux que j'ai foufferts pour lui.
Vous, généreux témoin de mon heure derniere,
Tandis qu'il en eft tems, écoutez ma priere,
Néreftan, Châtillon, & vous.... de qui les pleurs
Dans ces momens fi chers honorent mes malheurs,
Madame, ayez pitié du plus malheureux pere
Qui jamais ait du Ciel éprouvé la colere,
Qui répand devant vous des larmes que le tems
Ne peut encor tarir dans mes yeux expirans.
Une fille, trois fils, ma fuperbe efpérance,
Me furent arrachés dès leur plus tendre enfance:
O mon cher Châtillon, tu dois t'en fouvenir.

C H A T I L L O N.

De vos malheurs encor vous me voyez frémir.

L U S I G N A N.

Prifonnier avec moi dans Céfarée en flâme,
Tes yeux virent périr mes deux fils & ma femme.

C H A.

CHATILLON.

Mon bras chargé de fers ne les put fecourir.

LUSIGNAN.

Hélas! & j'étois pere, & je ne pus mourir!
Veillez du haut des Cieux, chers enfans que j'im-
plore,
Sur mes autres enfans, s'ils font vivans encore:
Mon dernier fils, ma fille, aux chaînes réfervés,
Par de barbares mains pour fervir confervés,
Loin d'un pere accablé, furent portés enfemble,
Dans ce même Sérail, où le Ciel nous raffemble.

CHATILLON.

Il eft vrai, dans l'horreur de ce péril nouveau,
Je tenois votre fille à peine en fon berceau:
Ne pouvant la fauver, Seigneur, j'allois moi-même
Répandre fur fon front l'eau fainte du Batême,
Lorfque les Sarrazins de carnage fumans,
Revinrent l'arracher à mes bras tout fanglans;
Votre plus jeune fils à qui les deftinées
Avoient à peine encor accordé quatre années,
Trop capable déja de fentir fon malheur,
Fut dans Jérufalem conduit avec fa fœur.

D 4　　　　　N E'

NE'RESTAN.

De quel reſſouvenir mon ame eſt déchirée !
A cet âge fatal j'étois dans Céſarée ,
Et tout couvert de ſang , & chargé de liens ,
Je ſuivis en ces lieux la foule des Chrétiens.

LUSIGNAN.

Vous... Seigneur ! ... Ce Sérail éleva votre enfance ? . . .

En les regardant.

. Hélas ! de mes enfans auriez-vous connoiſſance ?
Ils ſeroient de votre âge , & peut-être mes yeux....
Quel ornement, Madame , étranger en ces lieux ?
Depuis quand l'avez-vous ?

ZAYRE.

Depuis que je reſpire ,
Seigneur . . . . Eh quoi ! D'où vient que votre
ame ſoupire ?

LUSIGNAN.

Ah ! daignez confier à mes tremblantes mains....

ZAYRE.

De quel trouble nouveau tous mes ſens ſont at-
teints !
Seigneur, que faites-vous ?

L U.

L U S I G N A N.

O Ciel! ô Providence!

Mes yeux, ne trompez point ma timide efpérance;
Seroit-il bien poffible? Oui, c'eft elle.... Je voi
Ce prefent qu'une époufe avoit reçu de moi,
Et qui de mes enfans ornoit toujours la tête,
Lorfque de leur naiffance on célébroit la fête:
Je revoi.... Je fuccombe à mon faififfement.

Z A Y R E.

Qu'entens-je? & quel foupçon m'agite en ce mo-
    ment?
Ah, Seigneur! ....

L U S I G N A N.

Dans l'efpoir dont j'entrevois les charmes,
Ne m'abandonnez pas, Dieu qui voyez mes lar-
    mes,
Dieu mort fur cette Croix, & qui revis pour nous,
Parle, acheve, ô mon Dieu! cè font-là de tes
    coups:
Quoi! Madame, en vos mains elle étoit demeurée?
Quoi! tous les deux Captifs, & pris dans Céfarée?

Z A Y R E.

Oui, Seigneur.

D 5   N E-

N E' R E S T A N.

Se peut-il?

L U S I G N A N.

Leur parole, leurs traits,

De leur Mere en effet font les vivans portraits :

Oui, grand Dieu, tu le veux , tu permets que je
voye:

Dieu, ranime mes fens trop foibles pour ma joye.

Madame . . . . Néreftan . . . . Soutiens - moi ,
Châtillon. . .

Néreftan , fi je dois nommer encor ce nom,

Avez-vous dans le fein la cicatrice heureufe

Du fer dont à mes yeux une main furieufe . . . .

N E' R E S T A N.

Oui, Seigneur, il eft vrai.

L U S I G N A N.

Dieu jufte ! heureux momens!

N E' R E S T A N *fe jettant à genoux.*

Ah, Seigneur! ah, Zaïre!

L U S I G N A N.

Approchez, mes enfans,

N E'

N E' R E S T A N.

Moi, votre fils!

Z A Y R E.

Seigneur.

L U S I G N A N.

Heureux jour qui m'éclaire!

Ma fille! mon cher fils! embraffez votre pere.

C H A T I L L O N.

Que d'un bonheur fi grand mon cœur fe fent toucher!

L U S I G N A N.

De vos bras, mes enfans, je ne puis m'arracher:

Je vous revois enfin, chere & trifte famille,

Mon fils, digne héritier,... Vous.... hélas! vous!
ma fille!

Diffipez mes foupçons; ôtez-moi cette horreur,

Ce trouble qui m'accable au comble du bonheur.

Toi qui feul as conduit fa fortune & la mienne,

Mon Dieu qui me la rends, me la rends-tu Chrétienne?

Tu pleures, malheureufe, & tu baiffes les yeux,

Tu te tais! je t'entends! ô crime! ô juftes Cieux!

Z A Y-

Z A Y R E.

Je ne puis vous tromper : fous les loix d'Orofmane. . . .

Puniffez votre fille . . . Elle étoit Mufulmane.

L U S I G N A N.

Que la foudre en éclats ne tombe que fur moi !

Ah, mon fils ! à ces mots j'euffe expiré fans toi.

Mon Dieu, j'ai combattu foixante ans pour ta
gloire,

J'ai vu tomber ton Temple & périr ta mémoire,

Dans un cachot affreux abandonné vingt ans,

Mes larmes t'imploroient pour mes triftes enfans,

Et lorfque ma famille eft par toi réunie,

Quand je trouve une fille, elle eft ton ennemie :

Je fuis bien malheureux . . . . c'eft ton pere, c'eft
moi ;

C'eft ma feule prifon qui t'a ravi ta foi :

Ma fille, tendre objet de mes dernieres peines,

Songe au moins, fonge au fang qui coule dans tes
veines ;

C'eft le fang de vingt Rois, tous Chrétiens comme
moi,

C'eft le fang des Héros, défenfeurs de ma Loi,

C'eft le fang des Martyrs . . . . ô fille encor trop
chere,

Con-

Connois-tu ton deſtin, ſais-tu quelle eſt ta mere ?

Sais-tu bien qu'à l'inſtant, que ſon flanc mit au
   jour,

Ce triſte & dernier fruit d'un malheureux amour,

Je la vis maſſacrér par la main forcenée,

Par la main des Brigands à qui tu t'ès donnée ?

Tes freres, ces martyrs égorgés à mes yeux,

T'ouvrent leurs bras ſanglans tendus du haut des
   Cieux :

Ton Dieu que tu trahis, ton Dieu que tu blaſphê-
   mes,

Pour toi, pour l'Univers, eſt mort en ces lieux
   mêmes,

En ces lieux où mon bras le ſervit tant de fois,

En ces lieux où ſon ſang te parle par ma voix.

Voi ces murs, voi ce Temple envahi par tes Maîtres,

Tout annonce le Dieu qu'ont vangé tes Ancêtres :

Tourne les yeux, ſa Tombe eſt près de ce Palais,

C'eſt ici la Montagne où lavant nos forfaits,

Il voulut expirer ſous les coups de l'Impie,

C'eſt-là que de ſa Tombe il rappella ſa vie ;

Tu ne ſaurois marcher dans cet auguſte lieu,

Tu n'y peux faire un pas ſans y trouver ton Dieu,

Et tu n'y peux reſter ſans renier ton pere,

Ton honneur qui te parle, & ton Dieu qui t'é-
   éclaire.

           Je

Je te vois dans mes bras, & pleurer, & frémir;
Sur ton front pâliſſant, Dieu met le repentir,
Je voi la Vérité dans ton cœur deſcendue,
Je retrouve ma fille après l'avoir perdue,
Et je reprends ma gloire & ma félicité,
En dérobant mon ſang à l'infidélité.

N E' R E S T A N.

Je revoi donc ma ſœur? . . . Et ſon ame . . .

Z A Y R E.

Ah, mon pere!
Cher Auteur de mes jours : Parlez, que dois-je
faire ?

L U S I G N A N.

M'ôter, par un ſeul mot, ma honte, & mes ennuis
Dire, je ſuis Chrétienne.

Z A Y R E.

Oui .... Seigneur .... je le ſuis.

L U S I G N A N.

Dieu, reçois ſon aveu du ſein de ton Empire.

S C E'·

SCÈNE IV.

ZAYRE, LUSIGNAN, CHA-
TILLON, NÉRESTAN,
CORASMIN.

CORASMIN.

M Adame, le Soudan m'ordonne de vous dire,
Qu'à l'inftant, de ces lieux, il faut vous retirer,
Et de ces vils Chrétiens fur-tout vous féparer.
Vous, Français, fuivez-moi, de vous je dois ré-
    pondre.

CHATILLON.

Où fommes-nous, grand Dieu, quel coup vient
    nous confondre!

LUSIGNAN.

Notre courage, amis, doit ici s'animer.

ZAYRE.

Hélas, Seigneur!

LUSIGNAN.

O vous que je n'ofe nommer,
                    Jurez-

Jurez-moi de garder uu fecret fi funefte,

Z A Y R E.

Je vous le jure.

L U S I G N A N.

Allez le Ciel fera le refte.

Fin du fecond Acte.

A C.

ACTE III.

SCE'NE I.

O R O S M A N E ,   C O R A S M I N.

OROSMANE.

VOus étiez, Corafmin, trompé par vos allarmes;

Non, Louïs, contre moi ne tourne point fes armes,

Les Français font laffés de chercher deformais

Des Climats que pour eux le Deftin n'a point faits;

Ils n'abandonnent point leur fertile Patrie,

Pour languir aux Deferts de l'aride Arabie,

Et venir arrofer de leur fang odieux,

Ces palmes, que pour nous Dieu fait croître en ces lieux.

Ils couvrent de Vaiffeaux la Mer de la Syrie,

Louïs, des bords de Chipre épouvante l'Afie;

AC   E   Mais

Mais j'apprens que ce Roi s'éloigne de nos Ports,
De la féconde Egypte il menace les bords,
J'en reçois à l'inftant la premiere nouvelle :
Contre les Mamelus fon courage l'appelle,
Il cherche Meledin, mon fecret ennemi ;
Sur leurs divifions mon Trône eft affermi ;
Je ne crains plus enfin l'Egypte, ni la France,
Nos communs ennemis cimentent ma puiffance,
Et prodigues d'un fang qu'ils devroient ménager,
Prennent, en s'immolant, le foin de me vanger.
Relâche ces Chrétiens, ami, je les délivre,
Je veux plaire à leur Maître , & leur permets de
        vivre,
Je veux que fur la Mer on les mene à leur Roi,
Que Louïs me connoiffe, & refpecte ma foi ;
Mene-lui Lufignan, dis-lui que je lui donne
Celui que la naiffance allie à fa Couronne,
Celui que par deux fois mon Pere avoit vaincu,
Et qu'il tint enchaîné tandis qu'il a vêcu.

C O R A S M I N.

Son nom cher aux Chrétiens . . . .

O R O S M A N E.

Son nom n'eft point à craindre.

C O.

C O R A S M I N.

Mais, Seigneur, fi Louïs....

O R O S M A N E.

Il n'eft plus tems de feindre.
Zaïre l'a voulu, c'eft affez, & mon cœur,
En donnant Lufignan, le donne à mon vainqueur:
Louïs eft peu pour moi, je fais tout pour Zaïre,
Nul autre fur mon cœur n'auroit pris cet empire,
Je viens de l'affliger, c'eft à moi d'adoucir
Le déplaifir mortel qu'elle a du reffentir,
Quand fur les faux avis des deffeins de la France
J'ai fait à ces Chrétiens un peu de violence.
Que dis-je? ces momens perdus dans mon Confeil,
Ont de ce grand hymen fufpendu l'appareil:
D'une heure encor, ami, mon bonheur fe différe,
Mais j'emploirai du moins ce tems à lui complaire,
Zaïre ici demande un fecret entretien
Avec ce Néreftan, ce généreux Chrétien . . .

C O R A S M I N.

Et vous avez, Seigneur, encor cette indulgence?

O R O S M A N E.

Il ont été toüs deux Efclaves dans l'enfance,

Ils

Ils ont porté mes fers, ils ne ſe verront plus,

Zaïre enfin de moi n'aura point un refus.

Je ne m'en défends point, je foule aux pieds pour
    elle

Des rigueurs du Sérail la contrainte cruelle,

J'ai mépriſé ces loix dont l'âpre auſtérité

Fait d'une vertu triſte une néceſſité;

Je ne ſuis point formé du ſang Aſiatique,

Né parmi les Rochers au ſein de la Taurique,

Des Scythes mes ayeux je garde la fierté,

Leurs mœurs, leurs paſſions, leur généroſité:

Je conſens qu'en partant, Néreſtan la revoie,

Je veux que tous les cœurs ſoient heureux de ma
    joie;

Après ce peu d'inſtans volez à mon amour,

Tous ſes momens, ami, ſont à moi ſans retour.

Va, ce Chrétien attend & tu peux l'introduire,

Preſſe ſon entretien, obéïs à Zaïre.

SCÈNE II.

CORASMIN, NÉRESTAN.

CORASMIN.

EN ces lieux, un moment, tu peux encor reſter,
Zaïre à tes regards viendra ſe préſenter.

SCÈNE III.

NÉRESTAN *ſeul.*

EN quel état, ô Ciel, en quels lieux je la laiſ-
ſe !
O ma Religion ! ô mon Pere ! ô tendreſſe !
Mais je la vois.

S C E' N E IV.

Z A Y R E, NE'RESTAN.

NE'RESTAN.

MA fœur, je puis donc vous parler?
Ah ! dans quel tems le Ciel nous voulut raffem-
    bler;
Vous ne reverrez plus un trop malheureux Pere.

Z A Y R E.

Dieu, Lufignan !

NE'RESTAN.

                    Il touche à fon heure derniere.
Sa joie en nous voyant, par de trop grands efforts,
De fes fens affoiblis a rompu les refforts,
Et cette émotion dont fon ame eft remplie,
A bien-tôt épuifé les fources de fa vie;
Mais pour comble d'horreurs à ces derniers mo-
    mens,
Il doute de fa fille & de fes fentimens;
Il meurt dans l'amertume, & fon ame incertaine
                                        De-

Demande en foupirant fi vous êtes Chrétienne.

ZAYRE.

Quoi, je fuis votre fœur, & vous pouvez penfer
Qu'à mon fang, à ma Loi, j'aille ici renoncer?

NE'RESTAN.

Ah, ma fœur! cette Loi n'eft pas la votre encore,
Le jour qui vous éclaire eft pour vous à l'Aurore,
Vous n'avez point reçu ce gage précieux
Qui nous lave du crime, & nous ouvre les Cieux;
Jurez par nos malheurs, & par votre famille,
Par ces Martyrs facrés de qui vous êtes fille,
Que vous voulez ici recevoir aujourd'hui,
Le fceau du Dieu vivant qui nous attache à lui.

ZAYRE.

Oui, je jure en vos mains par ce Dieu que j'adore;
Par fa Loi que je cherche, & que mon cœur igno-
re,
De vivre deformais fous cette fainte Loi....
Mais, mon cher frere. . . . Hélas! que veut-elle
de moi?
Que faut-il . . . . .

NE'RESTAN.

Détefter l'Empire de vos Maîtres,

Scr-

Servir, aimer ce Dieu qu'ont aimé nos Ancêtres,
Qui nâquit, qui fouffrit, qui mourut en ces lieux,
Qui nous a raffemblés, qui m'amene à vos yeux:
Eft-ce à moi d'en parler? moins inftruit que fidèle,
Je ne fuis qu'un foldat, & je n'ai que du zèle:
Un Pontife facré viendra jufqu'en ces lieux
Vous apporter la vie, & déciller vos yeux:
Songez à vos fermens, & que l'eau du Batême,
Ne vous apporte point la mort & l'anathême:
Obtenez qu'avec lui je puiffe revenir;
Mais à quel titre, ô Ciel! faut-il donc l'obtenir!
A qui le demander dans ce Sérail profane? ....
Vous, le Sang de vingt Rois, Efclave d'Orofmane,
Parente de Louïs, fille de Lufignan,
Vous Chrétienne, & ma fœur Efclave d'un Sou-
      dan?

Vous m'entendez.... je n'ofe en dire davantage:
Dieu! nous réferviez-vous à ce dernier outrage?

Z A Y R E.

Ah, cruel! pourfuivez. Vous ne connoiffez pas
Mon fecret, mes tourmens, mes vœux, mes atten-
      tats:
Mon frere, ayez pitié d'une fœur égarée,
Qui brûle, qui gémit, qui meurt defefpérée:

                                    Je

Je fuis Chrétienne hélas! ... j'attends avec ardeur

Cette Eau fainte , cette Eau qui peut guérir mon
 cœur :

Non , je ne ferai point indigne de mon frere ,

De mes ayeux , de moi , de mon malheureux pere ;

Mais parlez à Zaïre , & ne lui cachez rien ,

Dites... quelle eft la Loi de l'Empire Chrétien...

Quel eft le châtiment pour une infortunée ,

Qui loin de fes parens aux fers abandonnée ,

Trouvant chez un Barbare en généreux appui ,

Auroit touché fon ame , & s'uniroit à lui ?

N E' R E S T A N.

O Ciel ! que dîtes - vous ? Ah ! la mort la plus
 prompte

Devroit....

Z A Y R E.

C'en eft affez , frappe , & préviens ta honte.

N E' R E S T A N.

Qui vous , ma fœur ?

Z A Y R E.

C'eft moi que je viens d'accufer ,

Orofmane m'adore... & j'allois l'époufer.

Z A Y R E,

NE'RESTAN.

L'époufer! eft-il vrai, ma fœur? eft-ce vous-même?

Vous la fille des Rois?

ZAYRE.

Frappe, dis-je, je l'aime.

NE'RESTAN.

Opprobre malheureux du Sang dont vous fortez,

Vous demandez la mort & vous la méritez;

Et fi je n'écoutois que ta honte & ma gloire,

L'honneur de ma Maifon, mon pere, fa mémoire,

Si la Loi de ton Dieu que tu ne connois pas,

Si ma Religion ne retenoit mon bras,

J'irois dans ce Palais, j'irois au moment même,

Immoler de ce fer un Barbare qui t'aime,

De fon indigne flanc le plonger dans le tien,

Et ne l'en retirer que pour percer le mien.

Ciel! tandis que Louïs, l'Exemple de la Terre,

Au Nil épouvanté ne va porter la guerre,

Que pour venir bien-tôt, frappant des coups plus
fûrs,

Délivrer ton Dieu même, & lui rendre ces murs:

Zaïre, cependant, ma fœur, fon alliée,

Au

Au Tyran d'un Sérail par l'hymen eſt liée,
Et je vais donc apprendre à Luſignan trahi,
Qu'un Tartare eſt le Dieu que ſa fille a choiſi ?
En ce moment affreux, hélas ! ton pere expire,
En demandant à Dieu le ſalut de Zaïre.

ZAYRE.

Arrête, mon cher frere ..... arrête, connois-moi :
Peut-être que Zaïre eſt digne encor de toi ;
Mon frere, épargne-moi cet horrible langage,
Ton courroux, ton reproche, eſt un plus grand ou-
    trage,
Plus ſenſible pour moi, plus dur que ce trépas,
Que je te demandois, & que je n'obtiens pas.
L'état où tu me vois accable ton courage,
Tu ſouffres, je le vois, je ſouffre davantage :
Je voudrois que du Ciel, le barbare ſecours,
De mon ſang, dans mon cœur, eût arrêté le cours ;
Le jour qu'empoiſonné d'une flâme profane,
Ce pur ſang des Chrétiens brûla pour Oroſmane,
Le jour que de ta ſœur, Oroſmane charmé ...
Pardonnez-moi, Chrétiens ; qui ne l'auroit aimé ?
Il faiſoit tout pour moi, ſon cœur m'avoit choiſie,
Je voyois ſa fierté pour moi ſeule adoucie,
C'eſt lui qui des Chrétiens a ranimé l'eſpoir :
                       C'eſt

C'eſt à lui que je dois le bonheur de te voir;

Pardonne, ton courroux, mon pere, ma tendreſſe,

Mes ſermens, mon devoir, mes remords, ma foibleſſe,

Me ſervent de ſupplice, & ta ſœur en ce jour

Meurt de ſon repentir plus que de ſon amour.

NE'RESTAN.

Je te blâme & te plains, crois-moi, la Providence

Ne te laiſſera point périr ſans innocence:

Je te pardonne, hélas! ces combats odieux,

Dieu ne t'a point prêté ſon bras victorieux,

Ce bras qui rend la force aux plus foibles courages,

Soutiendra ce roſeau plié par les orages.

Il ne ſouffrira pas qu'à ſon culte engagé,

Entre un Barbare & lui, ton cœur ſoit partagé.

Le Batême éteindra ces feux dont il ſoupire,

Et tu vivras fidèle, ou périras Martyre:

Achéve donc ici ton ſerment commencé,

Achéve, & dans l'horreur dont ton cœur eſt preſſé,

Promets au Roi Louïs, à l'Europe, à ton Pere,

Au Dieu qui déja parle à ce cœur ſi ſincere,

De ne point accomplir cet hymen odieux,

Avant que le Pontife ait éclairé tes yeux,

Avant

Avant qu'en ma préfence il te faffe Chrétienne,
Et que Dieu par fes mains, t'adopte & te foutienne;
Le promets-tu, Zaïre? . . .

Z A Y R E.

Oui, je te le promets:
Rends-moi Chrétienne & libre, à tout je me fou-
mets.
Va, d'un pere expirant, va fermer la paupiere,
Va, je voudrois te fuivre, & mourir la premiere.

N E' R E S T A N.

Je pars, adieu, ma fœur, adieu, puifque mes vœux
Ne peuvent t'arracher à ce Palais honteux,
Je reviendrai bien-tôt, par un heureux Batême,
T'arracher aux Enfers, & te rendre à toi-même.

S C E' N E V.

Z A Y R E *feule.*

M E voilà feule, ô Dieu! que vais-je devenir?
Dieu, commande à mon cœur de ne te point tra-
hir.
Hélas! fuis-je en effet, ou Françaife ou Sultane,
Fil-

Fille de Lufignan, ou femme d'Orofmane?

Suis je amante, ou Chrétienne? ô fermens que j'ai faits!

Mon pere, mon païs, vous ferez fatisfaits.

Fatime ne vient point, quoi! dans ce trouble ex-trême,

L'Univers m'abandonne! on me laiffe à moi-mê-me!

Mon cœur peut-il porter feul & privé d'appui,

Le fardeau des devoirs qu'on m'impofe aujourd'-hui?

A ta Loi, Dieu puiffant, oui, mon ame eft renduc;

Mais fais que mon Amant s'éloige de ma vûe.

Cher Amant! ce matin l'aurois-je pu prévoir,

Que je dûffe aujourd'hui redouter de te voir?

Moi, qui de tant de feux juftement poffédée,

N'avois d'autre bonheur, d'autre foin, d'autre idée,

Que de t'entretenir, écouter ton amour,

Te voir, te fouhaiter, attendre ton retour,

Hélas! & je t'adore : & t'aimer eft un crime!

SCE.

SCE'NE VI.

ZAYRE, OROSMANE.

OROSMANE.

PAroiffez, tout eft prêt ; le beau feu qui m'a-
nime

Ne fouffre plus, Madame, aucun retardement,

Les flambeaux de l'hymen brillent pour votre A-
mant;

Les parfums de l'encens rempliffent la Mofquée,

Du Dieu de Mahomet la puiffance invoquée,

Confirme mes fermens, & préfide à mes feux,

Mon peuple profterné pour vous offre fes vœux,

Tout tombe à vos genoux, vos fuperbes Rivâles,

Qui difputoient mon cœur, & marchoient vos é-
gales,

Heureufes de vous fuivre & de vous obéïr,

Devant vos volontés vont apprendre à fléchir.

Le Trône, les feftins, & la cérémonie,

Tout eft prêt, commencez le bonheur de ma vie.

ZAYRE.

Où fuis-je, malheureufe! ô tendreffe! ô douleur!

OROS-

O R O S M A N E.

Venez.

Z A Y R E.

Où me cacher ?

O R O S M A N E.

Que dites-vous ?

Z A Y R E.

Seigneur.

O R O S M A N E.

Donnez-moi votre main , daignez , belle Zaire. . . .

Z A Y R E.

Dieu de mon pere ! hélas ! que pourrai-je lui dire ?

O R O S M A N E.

Que j'aime à triompher de ce tendre embarras !
Qu'il redouble ma flâme, & mon bonheur...

Z A Y R E.

Hélas !

O R O S M A N E.

Ce trouble à mes desirs vous rend encor plus chè-
re,

D'une

D'une vertu modefte il eft le caractère,

Digne & charmant objet de ma conftante foi,

Venez, ne tardez plus.

Z A Y R E.

Fatime, foutien-moi....

Seigneur.

O R O S M A N E.

O Ciel! eh quoi!

Z A Y R E.

Seigneur, cet hymenée

Etoit un bien fuprême à mon ame étonnée:

Je n'ai point recherché le Trône & la grandeur;

Qu'un fentiment plus jufte occupoit tout mon
    cœur!

Hélas! j'aurois voulu qu'à vos vertus unie,

Et méprifant pour vous les Trônes de l'Afie,

Seule, & dans un Defert auprès de mon époux,

J'euffe pu fous mes pieds les fouler avec vous;

Mais ... Seigneur ... ces Chrétiens...

O R O S M A N E.

Ces Chrétiens... Quoi, Madame?

Qu'auroient donc de commun cette Secte & ma
    flâme?

F   Z A Y-

Z A Y R E.

Lufignan, ce Vieillard accablé de douleurs,
Termine en ces momens fa vie & fes malheurs.

O R O S M A N E.

Eh bien! quel interêt fi preffant & fi tendre,
A ce Vieillard Chrétien votre cœur peut-il pren-
    dre?
Vous n'êtes point Chrétienne, élevée en ces lieux,
Vous fuivez dès long-tems la foi de mes ayeux:
Un Vieillard qui fuccombe au poids de fes an-
    nées,
Peut-il troubler ici vos belles deftinées?
Cette aimable pitié qu'il s'attire de vous,
Doit fe perdre avec moi dans des momens fi doux.

Z A Y R E.

Seigneur, fi vous m'aimez, fi je vous étois ché-
    re....

O R O S M A N E.

Si vous l'êtes, ah Dieu!

Z A Y R E.

            Souffrez que l'on différe....
Permettez que ces nœuds par vos mains affem-
    blés....

                            O R O S.

OROSMANE.

Que dites-vous ? ô Ciel! eſt-ce vous qui parlez,
Zaïre ?

ZAYRE.

Je ne puis ſoutenir ſa colere.

OROSMANE.

Zaïre !

ZAYRE.

Il m'eſt affreux, Seigneur, de vous déplaire,
Excuſez ma douleur .... non, j'oublie à la fois,
Et tout ce que je ſuis, & tout ce que je dois;
Je ne puis ſoutenir cet aſpect qui me tue,
Je ne puis .... ah, ſouffrez que loin de votre
    vûe,
Seigneur, j'aille cacher mes larmes, mes ennuis,
Mes vœux, mon deſeſpoir, & l'horreur où je ſuis.

       Elle ſort.

SCE-

S C E N E   VII.

O R O S M A N E, C O R A S M I N.

O R O S M A N E.

JE demeure immobile, & ma langue glacée
Se refufe aux tranfports de mon ame offenfée:
Eft-ce à moi que l'on parle? ai-je bien entendu?
Eft-ce moi qu'elle fuit? ô Ciel! & qu'ai-je vu?
Corafmin , quel eft donc ce changement extrê-
    me?

Je la laiffe échaper! je m'ignore moi-même.

C O R A S M I N.

Vous feul caufez fon trouble , & vous vous en
    plaignez,
Vous accufez, Seigneur, un Cœur où vous régnez.

O R O S M A N E.

Mais pourquoi donc ces pleurs , cette horreur,
    cette fuite ,
Cette douleur fi fombre en fes regards écrite?
Si c'étoit ce Français .... quel foupçon ! quelle
    horreur!

Quelle

Quelle lumiere affreufe a paffé dans mon cœur!

Hélas! je repouffois ma jufte défiance:

Un Barbare, un Efclave, auroit cette infolence?

Cher ami, je verrois un cœur comme le mien,

Réduit à redouter un Efclave Chrétien?

Mais, parle, tu pouvois obferver fon vifage,

Tu pouvois de fes yeux entendre le langage:

Ne me déguife rien, mes feux font-ils trahis?

Apprends-moi mon malheur .... tu trembles....
      tu frémis...

C'en eft affez.

C O R A S M I N.

Je crains d'irriter vos allarmes.

Il eft vrai que fes yeux ont verfé quelques lar-
      mes;

Mais, Seigneur, après tout, je n'ai rien obfervé

Qui doive. . . .

O R O S M A N E.

A cet affront, je ferois réfervé...

Non, fi Zaïre, ami, m'avoit fait cette offenfe,

Elle eût avec plus d'art trompé ma confiance:

Le déplaifir fecret de fon cœur agité,

Si ce cœur eft perfide, auroit-il éclaté?

F 3   Ecou-

Ecoute, garde-toi de foupçonner Zaïre.

Mais, dis-tu, ce Français gémit, pleure, fou-
    pire,

Que m'importe après tout le fujet de fes pleurs?

Qui fait fi l'amour même entre dans fes douleurs!

Et qu'ai-je à redouter d'une Efclave infidèle,

Qui demain pour jamais fe va féparer d'elle?

C O R A S M I N.

N'avez-vous pas, Seigneur, permis, malgré nos
    loix,

Qu'il jouît de fa vûe une feconde fois?

Qu'il revînt en ces lieux.

O R O S M A N E.

        Qu'il revînt? lui, ce Traître,

Qu'aux yeux de ma Maîtréffe il ofât reparoître?

Oui, je le lui rendrois, mais mourant, mais puni,

Mais verfant à fes yeux le fang qui m'a trahi:

Déchiré devant elle, & ma main dégoutante,

Confondroit dans fon fang, le fang de fon Aman-
    te . . . .

Excufe les tranfports de ce cœur offenfé;

Il eft né violent, il aime, il eft bleffé.

Je connois mes fureurs, & je crains ma foibleffe,

A des troubles honteux je fens que je m'abaiffe:

                    Non,

Non, c'est trop fur Zaïre arrêter un foupçon,
Non, fon cœur n'est point fait pour une trahifon:
Mais ne crois pas non plus que le mien s'aviliffe,
A fouffrir des rigueurs , à gémir d'un caprice;
A me plaindre, à reprendre, à redonner ma foi,
Les éclairciffemens font indignes de moi.
Il vaut mieux fur mes fens reprendre un jufte em-
    pire,
Il vaut mieux oublier jufqu'au nom de Zaïre,
Allons que le Sérail foit fermé pour jamais ;
Que la terreur habite aux portes du Palais,
Que tout reffente ici le frein de l'Efclavage,
Des Rois de l'Orient fuivons l'antique ufage.
On peut pour fon Efclave , oubliant fa fierté,
Laiffer tomber fur elle un regard de bonté;
Mais il eft trop honteux d'avoir une foibleffe
Aux mœurs de l'Occident laiffons cette baffeffe ,
Ce Sexe dangereux qui veut tout affervir,
S'il regne dans l'Europe, ici doit obéïr.

Fin du troifième Acte.

A C-

A C T E IV.

S C E N E I.

ZAYRE, FATIME.

FATIME.

UE je vous plains, Madame, & que je
vous admire!
C'eſt le Dieu des Chrétiens, c'eſt Dieu
qui vous inſpire.
Il donnera la force à vos bras languiſſans
De briſer des liens ſi chers & ſi puiſſans.

ZAYRE.

Eh! pourrai-je achever ce fatal ſacrifice?

FATIME.

Vous demandez ſa grace, il vous doit ſa juſtice:
De votre cœur docile il doit prendre le ſoin.

ZAY.

Z A Y R E.

Jamais de fon appui je n'eus tant de befoin.

F A T I M E.

Si vous ne voyez plus votre augufte famille,
Le Dieu que vous fervez vous adopte pour fille:
Vous êtes dans fes bras, il parle à votre cœur;
Et quand ce faint Pontife, organe du Seigneur,
Ne pourroit aborder dans ce Palais profane....

Z A Y R E.

Ah! j'ai porté la mort dans le fein d'Orofmane.
J'ai pu defefpérer le cœur de mon Amant.
Quel outrage, Fatime, & quel affreux moment!
Mon Dieu, vous l'ordonnez, j'euffe été trop heu-
reufe.

F A T I M E.

Quoi! vous regretteriez cette chafne honteufe?
Hazarder la' victoire, ayant tant combattu!

Z A Y R E.

Victoire infortunée! inhumaine vertu!
Non, tu ne connois pas ce que je facrifie.
Cet amour fi puiffant, ce charme de ma vie,
Dont j'efpérois, hélas! tant de félicité,

Dans

Dans toute ſon ardeur n'avoit point éclaté.

Fatime, j'offre à Dieu mes bleſſures cruelles:

Je mouille devant lui de larmes criminelles

Ces lieux, où tu m'as dit qu'il choiſit ſon ſéjour;

Je lui crie en pleurant, ôte moi mon amour,

Arrache - moi mes vœux, remplis - moi de toi-mê‐
me.

Mais, Fatime, à l'inſtant les traits de ce que j'ai‐
me,

Ces traits chers & charmans que toujours je revoi,

Se montrent dans mon ame entre le Ciel & moi.

Eh bien, Race des Rois, dont le Ciel me fit naître,

Pere, Mere, Chrétiens, vous, mon Dieu, vous,
mon Maître,

Vous, qui de mon Amant me privez aujourd'hui,

Terminez donc mes jours qui ne ſont plus pour
lui.

Que j'expire innocente, & qu'une main ſi chére,

De ces yeux qu'il aimoit ferme au moins la pau‐
piére.

Ah! que fait Oroſmane? Il ne s'informe pas

Si j'attends loin de lui la vie ou le trépas:

Il me fuit, il me laiſſe, & je n'y peux ſurvivre.

F A T I M E.

Quoi vous! Fille des Rois que vous prétendez ſui‐
vre!

Vous

Vous dans les bras d'un Dieu , votre éternel appui? . . . .

Z A Y R E.

Eh! pourquoi mon Amant n'eſt-il pas né pour lui?

Orofmane eſt-il fait pour être ſa victime?

Dieu pourroit-il haïr un cœur ſi magnanime?

Généreux , bienfaiſant , juſte , plein de vertus;

S'il étoit né Chrétien, que feroit-il de plus?

Et plût à Dieu du moins que ce ſaint Interprête ,

Ce Miniſtre ſacré que mon ame ſouhaite,

Du trouble où tu me vois vînt bien-tôt me tirer!

Je ne ſai ; mais enfin, j'oſe encore eſpérer

Que ce Dieu, donc cent fois on m'a peint la clémence,

Ne réprouveroit point une telle alliance:

Peut-être de Zaïre en ſecret adoré,

Il pardonne aux combats de ce cœur déchiré:

Peut-être en me laiſſant au Trône de Syrie,

Il ſoutiendroit par moi les Chrétiens de l'Aſie.

Fatime, tu le ſais, ce puiſſant Saladin ,

Qui ravit à mon Sang l'Empire du Jourdain ;

Qui fit comme Orofmane admirer ſa clémence,

Au ſein d'une Chrétienne il avoit pris naiſſance.

F A-

F A T I M E.

Ah ! Ne voyez - vous pas que pour vous confoler....

Z A Y R E.

Laiffe-moi , je vois tout , je meurs fans m'aveu-
gler :
Je vois que mon Païs , mon Sang, tout me con-
damne :
Que je fuis Lufignan, que j'adore Orofmane ;
Que mes vœux, que mes jours à fes jours font
liés.
Je voudrois quelquefois me jetter à fes pieds ;
De tout ce que je fuis faire un aveu fincére.

F A T I M E.

Songez que cet aveu peut perdre votre frere,
Expofe les Chrétiens qui n'ont que vous d'appui,
Et va trahir le Dieu qui vous rappelle à lui.

Z A Y R E,

Ah! fi tu connoiffois le grand cœur d'Orofmane!

F A T I M E.

Il eft le proteɛteur de la Loi Mufulmane,
Et plus il vous adore , & moins il peut fouffrir
Qu'on vous ofe annoncer un Dieu qu'il doit haïr.

Le

Le Pontife à vos yeux en secret va se rendre,
Et vous avez promis.

Z A Y R E.

Eh bien, il faut l'attendre.
J'ai promis, j'ai juré de garder ce secret:
Hélas! qu'à mon Amant je le tais à regret,
Et pour comble d'horreur je ne suis plus aimée.

S C E' N E II.

O R O S M A N E, Z A Y R E.

O R O S M A N E.

Madame, il fut un tems où mon ame char-
mée,
Ecoutant sans rougir des sentimens trop chers,
Se fit une vertu de languir dans vos fers.
Je croyois être aimé, Madame, & votre Maître
Soupirant à vos pieds, devoit s'attendre à l'être:
Vous ne m'entendrez point Amant foible & jaloux,
En reproches honteux éclater contre vous;
Cruellement blessé, mais trop fier pour me plain-
dre,

Trop

Trop généreux, trop grad pour m'abaisser à feind
    dre ,

Je viens vous déclarer que le plus froid mépris

De vos caprices vains fera le digne prix.

Ne vous préparez point à tromper ma tendresse,

A chercher des raisons, dont la flateuse adresse

A mes yeux ébloui's colorant vos refus,

Vous ramene un Amant, qui ne vous connoît plus,

Et qui craignant sur-tout qu'à rougir on l'expose ,

D'un refus outrageant veut ignorer la cause ;

Madame, c'est est fait, une autre va monter

Au rang que mon amour vous daignoit presenter,

Une autre aura des yeux, & va du moins connoître

De quel prix mon amour , & ma main devoient
    être.

Il pourra m'en coûter, mais mon cœur s'y résout,

Apprenez qu'Orosmane est capable de tout.

Que j'aime mieux vous perdre, & loin de votre vûe

Mourir desespéré de vous avoir perdue,

Que de vous posséder, s'il faut qu'à votre foi

Il en coûte un soupir qui ne soit pas pour moi ;

Allez, mes yeux jamais ne reverront vos charmes.

Z A Y R E.

Tu m'as donc tout ravi , Dieu, témoin de mes
    larmes ?

Tu

Tu veux commander feul à mes fens éperdus.....

Eh bien, puifqu'il eft vrai que vous ne m'aimez
  plus,

Seigneur . . . .

O R O S M A N E.

Il eft trop vrai que l'honneur me l'ordonne,

Que je vous adorai, que je vous abandonne,

Que je renonce à vous, que vous le defirez,

Que fous une autre loi.... Zaïre, vous pleurez?

Z A Y R E.

Ah, Seigneur! ah! du moins gardez de jamais
  croire,

Que du rang d'un Soudan je regrette la gloire:

Je fai qu'il faut vous perdre, & mon fort l'a voulu,

Mais, Seigneur, mais mon cœur ne vous eft pas
  connu.

Me puniffe à jamais ce Ciel qui me condamne,

Si je regrette rien que le cœur d'Orofmane.

O R O S M A N E.

Zaïre, vous m'aimez?

Z A Y R E.

Dieu, fi je l'aime, hélas!

O R O S.

OROSMANE.

Quel caprice odieux que je ne conçois pas!

Vous m'aimez? Eh, pourquoi vous forcez-vous, cruelle,

A déchirer le cœur d'un Amant si fidelle?

Je me connoissois mal; oui, dans mon desespoir

J'avois cru sur moi-même avoir plus de pouvoir.

Va, mon cœur est bien loin d'un pouvoir si funeste,

Zaïre, que jamais la vengeance céleste

Me donne à ton Amant enchaîné sous ta loi,

La force d'oublier l'amour qu'il a pour toi.

Qui, moi? Que sur mon Trône une autre fût placée!

Non, je n'en eus jamais la fatale pensée:

Pardonne à mon courroux, à mes sens interdits,

Ces dédains affectés, & si bien démentis;

C'est le seul déplaisir que jamais dans ta vie,

Le Ciel aura voulu que ta tendresse essuïe.

Je t'aimerai toujours . . . mais d'où vient que ton cœur

En partageant mes feux différoit mon bonheur?

Parle. Etoit-ce un caprice? Est-ce crainte d'un Maître,

D'un Soudan, qui pour toi veut renoncer à l'être?

Seroit-ce un artifice? épargne-toi ce soin,

L'art

L'art n'eſt pas fait pour toi, tu n'en as pas beſoin,
Qu'il ne fouille jamais le ſaint nœud qui nous lie,
L'art le plus innocent tient de la perfidie ;
Je n'en connus jamais, & mes ſens déchirés
Pleins d'un amour ſi vrai . . . .

Z A Y R E.

Vous me deſeſpérez ;
Vous m'êtes cher, ſans doute, & ma tendreſſe extrême
Eſt le comble des maux pour ce cœur qui vous
aime.

O R O S M A N E.

O Ciel ! expliquez-vous, quoi ? toujours me troubler ?
Se peut-il ? . . .

Z A Y R E.

Dieu puiſſant, que ne puis-je parler ?

O R O S M A N E.

Quel étrange ſecret me cachez-vous, Zaïre ?
Eſt-il quelque Chrétien qui contre moi conſpire ?
Me trahit-on ? parlez.

Z A Y R E.

Eh ! peut-on vous trahir ?

G   Sei-

Seigneur, entr'eux & vous, vous me verriez cou-
    rir:

On ne vous trahit point, pour vous rien n'eft à
    craindre,

Mon malheur eft pour moi, je fuis la feule à plain-
    dre.

O R O S M A N E.

Vous, à plaindre, grand Dieu?

Z A Y R E.

                Souffrez qu'à vos genoux
Je demande en tremblant une grace de vous.

O R O S M A N E.

Une grace! ordonnez, & demandez ma vie.

Z A Y R E.

Plût au Ciel, qu'à vos jours la mienne fut unie!
Orofmane .... Seigneur ..... permettez qu'au-
    jourd'hui,

Seule, loin de vous-même, & toute à mon ennui,
D'un œil plus recueilli contemplant ma fortune,
Je cache à votre oreille une plainte importune....
Demain tous mes fecrets vous feront révélés.

O R O S M A N E.

De quelle inquiétude, ô Ciel, vous m'accablez!

                              Pou-

Pouvez-vous! . . .

Z A Y R E.

Si pour moi l'amour vous parle encore,
Ne me refufez pas la grace que j'implore.

O R O S M A N E.

Eh bien, il faut vouloir tout ce que vous voulez,
J'y confens, il en coûte à mes fens defolés.
Allez, fouvenez-vous que je vous facrifie
Les momens les plus beaux, les plus chers de ma
vie.

Z A Y R E.

En me parlant ainfi, vous me percez le cœur.

O R O S M A N E.

Eh bien, vous me quittez, Zaïre?

Z A Y R E.

Hélas; Seigneur!

✠✠✠✠ ✠✠✠✠✠ ✠ ✠ ✠ ✠✠✠✠✠ ✠✠✠✠

S C E N E III.

OROSMANE, CORASMIN.

OROSMANE.

AH! c'eſt trop-tôt chercher ce ſolitaire azyle;
C'eſt trop-tôt abuſer de ma bonté facile ,
Et plus j'y penſe, ami, moins je puis concevoir
Le ſujet ſi caché de tant de deſeſpoir.

Quoi donc, par ma tendreſſe élevée à l'Empire,
Dans le ſein du bonheur que ſon ame deſire,
Près d'un Amant qu'elle aime , & qui brûle à ſes
    pieds,
Ses yeux remplis d'amour , de larmes ſont ño-
    yés! . . .

Je ſuis bien indigné de voir tant de caprices.

Mais moi-même après tout eus-je moins d'injuſti-
    ces?

Ai-je été moins coupable à ſes yeux offenſés?

Eſt-ce à moi de me plaindre ? on m'aime, c'eſt
    aſſez.

Il me faut expier par un peu d'indulgence,
De mes tranſports jaloux l'injurieuſe offenſe:

Je

Je me rends , je le vois , fon cœur eft fans dé-
  tours ,

La Nature naïve anime fes difcours:

Elle eft dans l'âge heureux où régne l'innocence,

A fa fincérité je dois ma confiance :

Elle m'aime fans doute , oui, j'ai lu devant toi

Dans fes yeux attendris , l'amour qu'elle a pour
  moi,

Et fon ame éprouvant cette ardeur qui me touche,

Vingt fois pour me le dire a volé fur fa bouche;

Qui peut avoir un cœur affez traître, affez bas,

Pour montrer tant d'amour, & ne le fentir pas?

S C É N E IV.

OROSMANE, CORASMIN,
MELEDOR.

MELEDOR.

CEtte Lettre, Seigneur, à Zaïre adreffée,
Par vos Gardes faifie, & dans mes mains laiffée....

OROSMANE.

Donne . . . . qui la portoit? . . . Donne.

G 3   M E-

MELEDOR.

Un de ces Chrétiens
Dont vos bontés, Seigneur, ont brifé les liens;
Au Sérail, en fecret, il alloit s'introduire,
On l'a mis dans les fers.

OROSMANE.

Hélas! que vais-je lire?
Laiffe-nous . . . . je frémis.

* *

SCE'NE V.

OROSMANE, CORASMIN.

CORASMIN.

CEtte Lettre, Seigneur,
Pourra vous éclaircir, & calmer votre cœur.

OROSMANE.

Ah! lifons, ma main tremble, & mon ame étonnée

Prévoit que ce Billet contient ma deftinée.

Lifons... ,, Chere Zaïre, il eft tems de nous voir.

,, Il

„ Il eſt vers la Moſquée une ſecrette iſſue,

„ Où vous pouvez ſans bruit , & ſans être apper-
„ çue,

„ Tromper vos ſurveillans , & remplir notre eſ-
„ poir:

„ Il faut vous hazarder , vous connoiſſez mon
„ zèle;

„ Je vous attends , je meurs , ſi vous n'êtes fidè-
„ le.

Eh bien , cher Coraſmin, que dis-tu?

C O R A S M I N,

Moi, Seigneur?

Je ſuis épouvanté de ce comble d'horreur.

O R O S M A N E.

Tu vois comme on me traite.

C O R A S M I N.

O trahiſon horrible!

Seigneur, à cet affront vous êtes inſenſible?
Vous, dont le cœur tantôt ſur un ſimple ſoupçon
D'une douleur ſi vive a reçu le poiſon?
Ah! ſans doute l'horreur d'une action ſi noire
Vous guérit d'un amour qui bleſſoit votre gloire.

O R O S M A N E.

Cours chez elle à l'inſtant, va, vole, Caraſmin.

Mon-

Montre-lui cet écrit . . . . qu'elle tremble . . .
    & foudain

De cent coups de poignard que l'infidèle meure,

Mais avant de frapper.... ah! cher ami, demeure,

Demeure, il n'eft pas tems. Je veux que ce Chrétien

Devant elle amené . . . . non . . . . je ne veux
    plus rien . . . .

Je me meurs.... je fuccombe à l'excès de ma rage.

C O R A S M I N.

On ne reçut jamais un fi fanglant outrage.

O R O S M A N E.

Le voilà donc connu, ce fecret plein d'horreur!

Ce fecret qui pefoit à fon infâme cœur!

Sous le voile emprunté d'une crainte ingénue,

Elle veut quelque-tems fe fouftraire à ma vûe.

Je me fais cet effort; je la laiffe fortir;

Elle part en pleurant.... & c'eft pour me trahir.

Quoi, Zaïre!

C O R A S M I N.

      Tout fert à redoubler fon crime.

Seigneur, n'en foyez pas l'innocente victime,

Et de vos fentimens rappellant la grandeur....

                O R O S.

OROSMANE.

C'eft-là ce Néreftan, ce Héros plein d'honneur,
Ce Chrétien fi vanté qui rempliffoit Solyme
De ce fafte impofant de fa vertu fublime ?
Je l'admirois moi-même, & mon cœur combattu
S'indignoit qu'un Chrétien m'égalât en vertu.
Ah ! qu'il va me payer fa fourbe abominable !
Mais Zaïre, Zaïre eft cent fois plus coupable.
Une Efclave Chrétienne ; & que j'ai pu laiffer
Dans les plus vils emplois languir, fans l'abaiffer !
Une Efclave ! Elle fait ce que j'ai fait pour elle.
Ah malheureux !

CORASMIN.

Seigneur, fi vous fouffrez mon zèle,
Si parmi les horreurs qui doivent vous troubler,
Vous vouliez . . .

OROSMANE.

Oui, je veux la voir & lui parler ;
Allez, volez, Efclave, & m'amenez Zaïre.

CORASMIN.

Hélas ! en cet état que pourrez-vous lui dire ?

G 5 OROS-

O R O S M A N E.

Je ne fai, cher ami, mais je prétends la voir.

C O R A S M I N.

Ah! Seigneur, vous allez dans votre defefpoir
Vous plaindre, menacer, faire couler fes larmes.
Vos bontés contre vous lui donneront des armes,
Et votre cœur féduit malgré tous vos foupçons,
Pour la juftifier cherchera des raifons.
M'en croirez-vous? cachez cette Lettre à fa vûe,
Prenez pour la lui rendre une main inconnue,
Par-là, malgré la fraude, & les déguifemens,
Vos yeux démêleront fes fecrets fentimens,
Et des plis de fon cœur verront tout l'artifice.

O R O S M A N E.

Penfes-tu qu'en effet Zaïre me trahiffe? . . .
Allons, quoi qu'il en foit, je vais tenter mon fort,
Et pouffer la vertu jufqu'au dernier effort:
Je veux voir à quel point une femme hardie
Saura de fon côté pouffer la perfidie.

C O R A S M I N.

Seigneur, je crains pour vous ce funefte entretien.
Un cœur tel que le vôtre . . . .

O R O S-

OROSMANE.

Ah! n'en redoute rien :

A son exemple hélas! ce cœur ne sauroit feindre,
Mais j'ai la fermeté de savoir me contraindre :
Oui, puisqu'elle m'abaisse à connoître un rival...
Tien, reçoi ce billet à tous trois si fatal :
Va, choisi pour le rendre un Esclave fidèle,
Mets en de sûres mains cette Lettre cruelle,
Va, cours... je ferai plus, j'éviterai ses yeux,
Qu'elle n'approche pas... c'est-elle, justes Cieux!

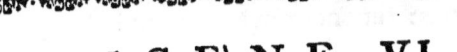

SCÈNE VI.

OROSMANE, ZAYRE, CO-
RASMIN.

ZAYRE.

SEigneur, vous m'étonnez, quelle raison sou-
daine,
Quel ordre si pressant près de vous me ramene?

OROSMANE.

Eh bien, Madame! il faut que vous m'éclaircis-
siez :

Cet

Cet ordre eſt important plus que vous ne croyez;

Je me ſuis conſulté . . . . Malheureux l'un par
  l'autre,

Il faut régler d'un mot & mon ſort & le vôtre.

Peut-être qu'en effet ce que j'ai fait pour vous,

Mon orgueil oublié, mon Sceptre à vos genoux,

Mes bienfaits, mon reſpect, mes ſoins, ma confiance,

Ont arraché de vous quelque reconnoiſſance.

Votre cœur par un Maître attaqué chaque jour,

Vaincu par mes bienfaits, crut l'être par l'amour;

Dans votre ame, avec vous il eſt tems que je liſe,

Il faut que ſes replis s'ouvrent à ma franchiſe,

Jugez-vous: répondez avec la vérité

Que vous devez au moins à ma ſincérité.

Si de quelqu'autre amour l'invincible puiſſance

L'emporte ſur mes ſoins, ou même les balance,

Il faut me l'avouer, & dans ce même inſtant,

Ta grace eſt dans mon cœur, prononce, elle t'attend;

Sacrifie à ma foi l'inſolent qui t'adore,

Songe que je te vois, que je te parle encore,

Que ma foudre à ta voix pourra ſe détourner,

Que c'eſt le ſeul moment où je peux pardonner.

                                    Z A Y-

Z A Y R E.

Vous, Seigneur! vous ofez me tenir ce langage?

Vous, cruel? . . . . apprenez, que ce cœur qu'on
  outrage

Et que par tant d'horreurs le Ciel veut éprouver,

S'il ne vous aimoit pas, eft né pour vous braver :

Je ne crains rien ici que ma funefte flâme ;

N'imputez qu'à ce feu qui brûle encor mon ame,

N'imputez qu'à l'amour que je dois oublier,

La honte où je defcends de me juftifier.

J'ignore fi le Ciel qui m'a toujours trahie,

A deftiné pour vous ma malheureufe vie,

Quoi qu'il puiffe arriver, je jure par l'honneur

Qui, non moins que l'amour, eft gravé dans mon
  cœur:

Je jure que Zaïre à foi-même rendue,

Des Rois les plus puiffans détefteroit la vûe,

Que tout autre, après vous, me feroit odieux ;

Voulez vous plus favoir, & me connoître mieux ?

Voulez-vous que ce cœur à l'amertume en proie,

Ce cœur defefpéré devant vous fe déploie?

Sachez donc qu'en fecret il penfoit malgré lui,

Tout ce que devant vous il déclare aujourd'hui,

Qu'il foupiroit pour vous, avant que vos tendref-
  fes,

                              Vinffent

Vinſſent juſtifier mes naiſſantes foibleſſes,

Qu'il prévint vos bienfaits, qu'il brûloit à vos
    pieds,

Qu'il vous aimoit enfin lorſque vous m'ignoriez,

Qu'il n'eut jamais que vous, n'aura que vous pour
    Maître:

J'en atteſte le Ciel, que j'offenſe peut-être;

Et ſi j'ai mérité ſon éternel courroux,

Si mon cœur fut coupable, ingrat, c'étoit pour
    vous.

O R O S M A N E.

Quoi? des plus tendres feux ſa bouche encor m'aſ-
    ſûre!

Quel excès de noirceur! Zaïre!... ah, la par-
    jure!
Quand de ſa trahiſon j'ai la preuve en ma main!

Z A Y R E.

Que dites-vous? quel trouble agite vôtre ſein?

O R O S M A N E.

Je ne ſuis point troublé. Vous m'aimez?

Z A Y R E.

                Votre bouche

Peut-elle me parler avec ce ton farouche?
D'un feu ſi tendrement déclaré chaque jour,

                    Vous

Vous me glacez de crainte , en me parlant d'a-
  mour.

OROSMANE.

Vous m'aimez ?

Z A Y R E.

  Vous pouvez douter de ma tendreſſe ?
Mais encore une fois quelle fureur vous preſſe ?
Quels regards effraïans vous me lancez ! hélas !
Vous doutez de mon cœur ?

OROSMANE.

   Non, je n'en doute pas.
Allez , rentrez , Madame.

S C E-

SCENE VII.

OROSMANE, CORASMIN.

OROSMANE.

A Mi, ſa perfidie
Au comble de l'horreur ne s'eſt pas démentie,
Tranquile dans le crime, & fauſſe avec douceur,
Elle a juſques au bout ſoutenu ſa noirceur.
As-tu trouvé l'Eſclave? as-tu ſervi ma rage?
Connoîtrai je à la fois ſon crime & mon outrage?

CORÁSMIN.

Oui, je viens d'obéïr; mais vous ne pouvez pas
Soupirer deſormais pour ſes traîtres appas:
Vous la verrez ſans doute avec indifférence,
Sans que le repentir ſuccede à la vengeance,
Sans que l'amour ſur vous en repouſſe les traits.

OROSMANE.

Coraſmin, je l'adore encor plus que jamais.

C O·

C O R A S M I N.

Vous? ô Ciel! Vous?

O R O S M A N E.

Je vois un raïon d'efpérance.
Cet odieux Chrétien, l'Eleve de la France,
Eft jeune, impatient, leger, préfomptueux,
Il peut croire aifément fes téméraires vœux:
Son amour indifcret, & plein de confiance,
Aura de fes foupirs hazardé l'infolence:
Un regard de Zaïre aura pû l'aveugler,
Sans doute il eft aifé de s'en laiffer troubler:
Il croit qu'il eft aimé; c'eft lui feul qui m'offenfe.
Peut-être ils ne font point tous deux d'intelligen-
  ce:
Zaïre n'a point vu ce Billet criminel,
Et j'en croiois trop tôt mon déplaifir mortel.
Corafmin, écoutez . . . . Dès que la nuit plus
  fombre
Aux crimes des Mortels viendra prêter fon om-
  bre,
Si-tôt que ce Chrétien, chargé de mes bienfaits,
Néreftan, paroîtra fous les murs du Palais;
Ayez foin qu'à l'inftant la Garde le faififfe,
Qu'on prépare pour lui le plus honteux fupplice,

H   Et

Et que chargé de fers il me foit préfenté.

Laiffez, fur-tout, laiffez Zaïre en liberté.

Tu vois mon cœur, tu vois à quel excès je l'aime,

Ma fureur eft plus grande, & j'en tremble moi-
même.

J'ai honte des douleurs où je me fuis plongé,

Mais malheur aux ingrats qui m'auront outragé.

Fin du quatrième Acte.

A C

A C T E V.

S C E N E I.

OROSMANE, CORASMIN,
Un Efclave.

OROSMANE à l'Efclave.

ON l'a fait avertir, l'ingrate va paraître.

Songe que dans tes mains eft le fort de
ton Maître,

Donne-lui le Billet de ce traître Chrétien,

Rends-moi compte de tout, examine-la bien.

Porte-moi fa réponfe : on approche.... c'eft-elle.

A Corafmin.

Vien, d'un malheureux Prince, ami tendre & fidelle,

Vien m'aider à cacher ma rage, & mes ennuis.

✂✂✂✂✂✂✂✂✂✂✂✂✂✂✂✂✂✂✂✂✂✂

S C E N E II.

Z A Y R E, F A T I M E,
L' E S C L A V E.

Z A Y R E.

EH ! qui peut me parler dans i'état où je fuis ?
A tant d'horreurs, hélas ! qui pourra me fouftraire ?
Le Sérail eft fermé ! Dieu ! fi c'étoit mon frere !
Si la main de ce Dieu pour foutenir ma foi,
Par des chemins cachés le conduifoit vers moi !
Quel Efclave inconnu fe préfente à ma vûe ?

L' E S C L A V E.

Cette Lettre en fecret en mes mains parvenue,
Pourra vous affûrer de ma fidélité.

Z A Y R E.

Donne.

Elle lit.

F A T I M E *à part pendant que Zaïre lit.*

Dieu tout-puiffant, éclate en ta bonté,
Fais defcendre ta grace en ce féjour profane,

Ar-

Arrache ma Princeffe au barbare Orofmane.

ZAYRE à *Fatime*.

Je voudrois te parler.

FATIME à *l'Efclave*.

Allez, retirez-vous;

On vous rappellera, foyez prêt, laiffez-nous.

SCÈNE III.

ZAYRE, FATIME.

ZAYRE.

L Is ce Billet, hélas ! dis-moi ce qu'il faut faire;

Je voudrois obéïr aux ordres de mon frere.

FATIME.

Dites plutôt, Madame, aux ordres éternels

D'un Dieu qui vous demande aux pieds de fes Autels.

Ce n'eft point Néreftan, c'eft Dieu qui vous appelle.

ZAYRE.

Je le fais, à fa voix je ne fuis point rebelle,

H 3   J'en

J'en ai fait le ferment; mais puis-je m'engager,

Moi, les Chrétiens, mon Frere, en un fi grand
　　danger?

F A T I M E.

Ce n'eft point leur danger dont vous êtes trou-
　　blée,

Votre amour parle feul à votre ame ébranlée.

Je connois votre cœur, il penferoit comme eux,

Il hazarderoit tout, s'il n'étoit amoureux.

Ah! connoiffez du moins l'erreur qui vous enga-
　　ge,

Vous tremblez d'offenfer l'Amant qui vous outra-
　　ge.

Quoi! ne voyez-vous pas toutes fes cruautés,

Et l'ame d'un Tartare à travers fes bontés?

Ce Tigre encor farouche au fein de fa tendreffe,

Même en vous adorant, menaçoit fa Maîtreffe....

Et votre cœur encor ne s'en peut détacher,

Vous foupirez pour lui?

Z A Y R E.

　　　　　　　　Qu'ai-je à lui reprocher?

C'eft moi qui l'offenfois, moi qu'en cette journée,

Il a vu fouhaiter ce fatal hymenée;

Le Trône étoit tout prêt; le Temple étoit paré,

Mon Amant m'adoroit, & j'ai tout différé.

　　　　　　　　　　　　　　　　　Moi,

Moi, qui devois ici trembler fous fa puiffance,
J'ai de fes fentimens bravé la violence,
J'ai foumis fon amour, il fait ce que je veux,
Il m'a facrifié fes tranfports amoureux.

F A T I M E.

Ce malheureux amour dont votre ame eft bleffée,
Peut-il en ce moment remplir votre penfée?

Z A Y R E.

Ah! Fatime, tout fert à me defefpérer:
Je fai que du Sérail rien ne peut me tirer:
Je voudrois des Chrétiens voir l'heureufe Contrée,
Quitter ce lieu funefte à mon ame égarée;
Et je fens qu'à l'inftant prompte à me démentir,
Je fais des vœux fecrets pour n'en jamais fortir.
Quel état! quel tourment! Non, mon ame in-
    quiéte
Ne fait ce qu'elle doit, ni ce qu'elle fouhaite;
Une terreur affreufe eft tout ce que je fens.
Dieu, détourne de moi ces noirs preffentimens,
Prends foin de nos Chrétiens, & veille fur mon
    frere,
Prends foin du haut des Cieux d'une tête fi chere;
Oui, je le vais trouver, je lui vais obéïr.
Mais dès que de Solyme il aura pu partir,

Par

Par fon abfence alors à parler enhardie,
J'apprends à mon Amant le fecret de ma vie;
Je lui dirai le culte où mon cœur eft lié,
Il lira dans ce cœur, il en aura pitié;
Mais dûffai-je au fupplice être ici condamnée,
Je ne trahirai point le fang dont je fuis née.
Va, tu peux amener mon cher frere en ces lieux.
Rappelle cet Efclave.

S C E' N E IV.

Z A Y R E *feule.*

O Dieu de mes Ayeux,
Dieu de tous mes parens, de mon malheureux
 Pere,
Que ta main me conduife, & que ton œil m'é-
 claire!

SCE·

SCE'NE V.

ZAYRE, L'ESCLAVE.

ZAYRE.

ALlez dire au Chrétien qui marche sur vos
    pas,
Que mon cœur aujourd'hui ne le trahira pas,
Que Fatime en ces lieux va bien-tôt l'introduire.

A part.

Allons, raſſûre-toi, malheureuſe Zaïre.

SCE'NE VI.

OROSMANE, CORASMIN,
L'ESCLAVE.

OROSMANE.

QUe ces momens, grand Dieu, ſont lents pour
    ma fureur !

A Meledor.

Eh bien, que t'a-t-on dit ? Réponds. Parle.

H 5   L' E S.

Z A Y R E,

L'ESCLAVE.

Seigneur,

On n'a jamais senti de si vives allarmes.

Elle a pâli, tremblé, ses yeux versoient des larmes,

Elle m'a fait sortir, elle m'a rappellé,

Et d'une voix tombante, & d'un cœur tout troublé,

Près de ces lieux, Seigneur, elle a promis d'attendre,

Celui, qui cette nuit à ses yeux doit se rendre.

O R O S M A N E.

A Meledor.   *A Corasmin.*

Allez, il me suffit.   Ote-toi de mes yeux.

Laisse-moi.   Tout mortel me devient odieux.

Laisse-moi seul, te dis-je, à ma fureur extrême.

Je hais le monde entier, je m'abhorre moi-même.

S C E-

―――――――――――――――――――――――――

SCENE VII.

OROSMANE *seul.*

OU fuis-je ? ô Ciel ! Où fuis-je ? Où portai-je
 mes vœux ?
Zaïre, Néreftan... couple ingrat, couple affreux,
Traîtres, arrachez-moi ce jour que je refpire,
Ce jour fouillé par vous.... miférable Zaïre,
Tu ne jouïras pas.... Corafmin, revenez.

―――――――――――――――――――――――――

SCENE VIII.

OROSMANE, CORASMIN.

OROSMANE.

AH ! trop cruel Ami, quoi vous m'abandonnez ?
Venez, a-t-il paru, ce Rival, ce coupable ?

CORASMIN.

Rien ne paroît encor.

OROS-

O R O S M A N E.

> O nuit! nuit effoyable!

Peux-tu prêter ton voile à de pareils forfaits?

Zaïre! . . . . l'infidèle . . . . après tant de bienfaits . . . .

J'aurois d'un œil ferein, d'un front inaltérable

Contemplé de mon rang la chûte épouvantable,

J'aurois fu dans l'horreur de la captivité,

Conferver mon courage & ma tranquilité;

Mais me voir à ce point trompé par ce que j'aime? . . .

C O R A S M I N.

Eh! que prétendez-vous dans cette horreur extrême?

Quel eft votre deffein?

O R O S M A N E.

> N'entends-tu pas des cris?

C O R A S M I N.

Seigneur . . . .

O R O S M A N E.

> Un bruit affreux a frappé mes efprits.

On vient.

C O.

C O R A S M I N.

Non, jufqu'ici nul Mortel ne s'avance,
Le Sérail eft plongé dans un profond filence;
Tout dort, tout eft tranquile, & l'ombre de la
    nuit . . . .

O R O S M A N E.

Hélas! le crime veille, & fon horreur me fuit.
A ce coupable excès porter fa hardieffe!
Tu ne connoiffois pas mon cœur & ma tendreffe,
Combien je t'adorois! quels feux! ah, Corafmin!
Un feul de fes regards auroit fait mon deftin.
Je ne pus être heureux, ni fouffrir que par elle.
Prends pitié de ma rage. Oui, cours . . . Ah, la
    cruelle!

C O R A S M I N.

Eft-ce vous qui pleurez? Vous, Orofmane? ô
    Cieux!

O R O S M A N E.

Voilà les premiers pleurs qui coulent de mes yeux.
Tu vois mon fort, tu vois la honte où je me livre.
Mais ces pleurs font cruels, & la mort va les fui-
    vre:

Plains, Zaïre, plains-moi, l'heure approche, ces
    pleurs,

Du fang qui va couler font les avant-coureurs.

CORASMIN.

Ah! je tremble pour vous.

OROSMANE.

Frémis de mes fouffrances,

Frémis de mon amour , frémis de mes vengean-
-ces.

Approche, viens, j'entends . . . je ne me trompe
pas.

CORASMIN.

Sous les murs du Palais quelqu'un porte fes pas.

OROSMANE.

Va faifir Néreftan, va, dis-je, qu'on l'enchaîne;
Que tout chargé de fers à mes yeux on l'entraîne

SCE.

✿✿✿✿✿✿✿✿✿✿✿✿✿✿✿✿✿✿✿✿✿✿✿✿✿

SCÈNE IX.

OROSMANE, ZAYRE & FATI-
ME , *marchant pendant la nuit dans
l'enfoncement du Théâtre.*

ZAYRE.

Vien, Fatime.

OROSMANE.

Qu'entends-je! eſt-ce-là cette voix,
Dont les ſons enchanteurs m'ont ſéduit tant de
fois,
Cette voix qui trahit un feu ſi légitime,
Cette voix infidèle, & l'organe du crime?
Perfide! ... vangeons-nous .. quoi! c'eſt elle? ..
ô deſtin!

Il tire ſon poignard.

Zaïre! ah Dieu . . . ce fer échape de ma main.

ZAYRE *à Fatime.*

C'eſt ici le chemin, vien, ſoutien mon courage.

FATIME.

Il va venir.

OROS.

OROSMANE.

Ce mot me rend toute ma rage.

ZAYRE.

Jé marche en friffonnant, mon cœur eft éperdu...
Eft-ce vous Néreftan que j'ai tant attendu?

OROSMANE *courant à Zaïre.*

C'eft moi que tu trahis : tombe à mes pieds, parjure.

ZAŸRE *tombant dans la couliſſe.*

Je me meurs: ô mon Dieu!

OROSMANE.

J'ai vangé mon injure.

Otons-nous de ces lieux. Je ne puis .... Qu'ai-je
fait? . . .

Rien que de jufte... Allons, j'ai puni fon forfait.

Ah! voici fon Amant que mon deftin m'envoie,

Pour remplir ma vengeance & ma cruelle joie.

SCE.

❦❦❦❦❦❦❦❦❦❦❦❦❦❦❦❦❦❦❦❦❦❦

SCE'NE DERNIERE.

OROSMANE, ZAYRE, NE'-
RESTAN, CORASMIN,
FATIME, ESCLAVES.

OROSMANE.

APproche , malheureux, qui viens de m'arra-
cher,
De m'ôter pour jamais ce qui me fut fi cher,
Méprifable ennemi, qui fais encor paraître
L'audace d'un Héros avec l'ame d'un traître,
Tu m'impofois ici pour me deshonorer.
Va, le prix en eft prêt, tu peux t'y préparer,
Tes maux vont égaler les maux où tu m'expofes,
Et ton ingratitude, & l'horreur que tu caufes.
Avez-vous ordonné fon fupplice?

CORASMIN.

Oui, Seigneur.

OROSMANE.

Il commence déja dans le fond de ton cœur.
Tes yeux cherchent par-tout, & demandent encore

I   La

La perfide qui t'aime, & qui me deshonore.
Regarde, elle eſt ici.

NE'RESTAN.

Que dis-tu? Quelle erreur...

OROSMANE.

Regarde-la, te dis-je.

NE'RESTAN.

Ah! que vois-je? Ah, ma Sœur!
Zaïre! . . . Elle n'eſt plus. Ah, Monſtre! Ah, jour
horrible!

OROSMANE.

Sa Sœur! Qu'ai-je entendu? Dieu! ſeroit-il poſſible?

NE'RESTAN.

Bàrbare, il eſt trop vrai: Vien épuiſer mon flanc
Du reſte infortuné de cet auguſte ſang.
Luſignan, ce Vieillard, fut ſon malheureux père,
Il venoit dans mes bras d'achever ſa miſere,
Et d'un pere expiré j'apportois en ces lieux
La volonté derniere, & les derniers adieux;
Je venois, dans un cœur trop foible & trop ſenſi-
ble,
Rappeller des Chrétiens le culte incorruptible,
Hélas!

Hélas! elle offenſoit notre Dieu, notre Loi;
Et ce Dieu la punit d'avoir brûlé pour toi.

O R O S M A N E.

Zaïre! . . . Elle m'aimoit ? Eſt-il bien vrai, Fa-
    time?
Sa Sœur? . . . J'étois aimé?

F A T I M E.

                      Cruel! voilà ſon crime.
Tigre altéré de ſang, tu viens de maſſacrer
Celle qui malgré ſoi conſtante à t'adorer,
Se flatoit, eſpéroit que le Dieu de ſes peres
Recevroit le tribut de ſes larmes ſincéres;
Qu'il verroit en pitié cet amour malheureux,
Que peut-être il voudroit vous réunir tous deux.
Hélas! à cet excès ſon cœur l'avoit trompée,
De cet eſpoir trop tendre elle étoit occupée,
Tu balançois ſon Dieu dans ſon cœur allarmé.

O R O S M A N E.

Tu m'en as dit aſſez. O Ciel! j'étois aimé!
Va, je n'ai pas beſoin d'en ſavoir davantage...

N E' R E S T A N.

Cruel! qu'attends-tu donc pour aſſouvir ta rage?
Il ne reſte que moi de ce ſang glorieux,

               I 2   Dont

Dont ton pere & ton bras ont inondé ces lieux.

Rejoins un malheureux à fa trifte famille,

Au Héros, dont tu viens d'affaffiner la fille.

Tes tourmens font-ils prêts ? je puis braver tes
    coups,

Tu m'as fait éprouver le plus cruel de tous.

Mais la foif de mon fang qui toujours te dévore,

Permet-elle à l'honneur de te parler encore?

En m'arrachant le jour fouvien-toi des Chrétiens

Dont tu m'avois juré de brifer les liens;

Dans fa férocité ton cœur impitoyable,

De ce trait généreux feroit-il bien capable?

Parle; à ce prix encor je benis mon trépas.

    O R O S M A N E *allant vers le corps de Zaïre.*

Zaïre!

C O R A S M I N.

Hélas! Seigneur, où portez-vous vos pas?

Rentrez; trop de douleur de votre ame s'empare,

Souffrez que Néreftan....

N E' R E S T A N.

Qu'ordonnes-tu, Barbare?

    O R O S M A N E *après une longue paufe.*

Qu'on détache fes fers. Ecoutez, Corafmin,

                     Que

Que tous ſes Compagnons ſoient délivrés ſoudain,

Aux malheureux Chrétiens prodiguez mes largeſſes.

Comblés de mes bienfaits, chargés de mes richeſſes,

Juſqu'au Port de Joppé vous conduirez leurs pas.

C O R A S M I N.

Mais, Seigneur....

O R O S M A N E.

Obéïs, & ne replique pas,

Vole, & ne trahis point la volonté ſuprême

D'un Soudan, qui commande, & d'un ami qui
t'aime,

Va, ne perds point de tems, fors, obéïs. . . . . . .
A Néreſtan. Et toi,

Guerrier infortuné, mais moins encor que moi,

Quitte ces lieux ſanglans, remporte en ta Patrie

Cet objet, que ma rage a privé de la vie.

Ton Roi, tous tes Chrétiens apprenans tes malheurs,

N'en parleront jamais ſans répandre des pleurs;

Mais ſi la vérité par toi ſe fait connoître,

En déteſtant mon crime, on me plaindra peut-être.

Porte aux tiens ce poignard, que mon bras égaré

A plongé dans un ſein qui dût m'être ſacré;

Dis-leur que j'ai donné la mort la plus affreuſe

A la

A la plus digne femme, à la plus vertueufe,
Dont le Ciel ait formé les innocents appas;
Dis-leur qu'à fes genoux j'avois mis mes Etats,
Dis-leur que dans fon fang cette main s'eft plon-
    gée,
Dis que je l'adorois, & que je l'ai vangée. *Il fe tue.*

Aux fiens.

Refpectez ce Héros, & conduifez fes pas.

NE'RESTAN.

Guide-moi, Dieu puiffant, je ne me connois pas:
Faut-il qu'à t'admirer ta fureur me contraigne,
Et que dans mon malheur ce foit moi qui te plai-
    gne.

Fin du cinquième & dernier Acte.

L' A L.

L'ALZIRE,

OU LES

AMÉRICAINS,

TRAGÉDIE.

A MADAME

LA MARQUISE

DU CHASTELET.

ADAME,

Quel foible hommage pour Vous, qu'un de ces Ouvrages de Poësie, qui n'ont qu'un tems, qui doivent leur mérite à la faveur passagére du Public & à l'illusion du Théâtre, pour tomber ensuite dans la foule & dans l'obscurité!

Qu'est-ce en effet qu'un Roman mis en action &

I 5

en

*en vers, devant celle qui lit les Ouvrages de Géo-
métrie avec la même facilité que les autres lisent les
Romans ; devant celle qui n'a trouvé dans Locke,
ce sage Précepteur du Genre Humain , que ses
propres sentimens & l'histoire de ses pensées ; enfin
aux yeux d'une personne , qui , née pour les agrémens , leur préfére la Vérité ?*

*Mais , MADAME , le plus grand génie,
& sûrement le plus desirable , est celui qui ne donne l'exclusion à aucun des Beaux-Arts. Ils sont
tous la nourriture & le plaisir de l'ame : y en a-t-
il dont on doive se priver ? Heureux l'esprit que
la Philosophie ne peut dessecher , & que les charmes des Belles-Lettres ne peuvent amollir ; qui sait
se fortifier avec Locke, s'éclairer avec Clarke &
Newton , s'élever dans la lecture de Cicéron &
de Bossuet, s'embellir par les charmes de Virgile &
du Tasse !*

*Tel est votre génie , MADAME ; il faut
que je ne craigne point de le dire , quoique vous
craigniez de l'entendre. Il faut que votre exemple
encourage les personnes de votre Sexe & de votre
Rang , à croire qu'on s'anoblit encore en perfection-
nant sa Raison , & que l'esprit donne des graces.*

*Il a été un tems en France, & même dans tou-
te l'Europe, où les hommes pensoient déroger , &
& les femmes sortir de leur état, en osant s'instrui-
re. Les uns ne se croyoient nés que pour la guerre , ou pour l'oisiveté ; & les autres , que pour la
coquetterie.*

*Le ridicule même que Moliére & Despreaux ont
jetté sur les Femmes savantes , a semblé, dans un
Siècle poli, justifier les préjugés de la Barbarie.*

Mais

Mais Moliére, ce Législateur dans la Morale & dans les Bienséances du monde, n'a pas assûrément prétendu, en attaquant les Femmes savantes, se moquer de la Science & de l'Esprit. Il n'en a joué que l'abus & l'affectation ; ainsi que, dans son Tartuffe, il a diffamé l'Hypocrisie, & non pas la Vertu.

Si, au lieu de faire une Satire contre les Femmes, l'exact, le solide, le laborieux, l'élégant Despreaux avoit consulté les Femmes de la Cour les plus spirituelles, il eût ajouté à l'art & au mérite de ses Ouvrages, si bien travaillés, des graces & des fleurs qui leur eussent encore donné un nouveau charme En vain, dans sa Satire des Femmes, il a voulu couvrir de ridicule une Dame qui avoit appris l'Astronomie : il eût mieux fait de l'apprendre lui-même.

L'Esprit philosophique fait tant de progrès en France depuis quarante ans, que si Boileau vivoit encore, lui qui osoit se moquer d'une Femme de condition, parce qu'elle voyoit en secret Roberval & Sauveur, seroit obligé de respecter & d'imiter celles qui profitent publiquement des lumieres des Maupertuis, des Réaumur, des Mairan, des Dufay, & des Cléraut ; de tous ces véritables Savans, qui n'ont pour objet qu'une Science utile, & qui en la rendant agréable, la rendent insensiblement nécessaire à notre Nation. Nous sommes au tems, j'ose le dire, où il faut qu'un Poëte soit Philosophe, & où une Femme peut l'être hardiment.

Dans le commencement du dernier Siècle, les Français apprirent à arranger des mots. Le Siècle des choses est arrivé. Telle qui lisoit autrefois Montagne

tagne, l'Aſtrée, & les Contes de la Reine de Na-
varre, étoit une Savante. Les Desboulliéres &
les Daciers, illuſtres dans différens genres, ſont
venues depuis. Mais votre Sexe a encore tiré plus
de gloire de celles qui ont mérité qu'on fît pour elles
le Livre charmant des Mondes, & les Dialogues
ſur la lumiere qui vont paroître ; Ouvrage peut-
être comparable aux Mondes.

Il eſt vrai qu'une Femme qui abandonneroit les
devoirs de ſon état pour cultiver les Sciences, ſeroit
condamnable, même dans ſes ſuccès ; mais, MA-
DAME, le même eſprit qui mene à la connoiſ-
ſance de la Vérité, eſt celui qui porte à remplir
ſes devoirs.

La Reine d'Angleterre, qui a ſervi de Média-
trice entre les deux plus grands Métaphyſiciens de
l'Europe, Clarke & Leibnitz, & qui pouvoit les
juger, n'a pas négligé pour cela un moment les ſoins
de Reine, de Femme & de Mere.

Chriſtine, qui abandonna le Trône pour les
Beaux-Arts, fut une grande Reine, tant qu'elle
régna. La petite fille du grand Condé, dans la-
quelle on voit revivre l'eſprit de ſon Ayeul, n'a-t-
elle pas ajouté une nouvelle conſidération au ſang
dont elle eſt ſortie ?

Vous, MADAME, dont on peut citer le
nom à côté de celui de tous les Princes, vous faites
aux Lettres le même honneur. Vous en cultivez
tous les genres. Elles ſont votre occupation dans
l'âge des plaiſirs. Vous faites plus ; vous cachez
ce mérite étranger au monde, avec autant de ſoin
que vous l'avez acquis. Continuez, MADA-
ME, à chérir, à oſer cultiver les Sciences, quoi-
que

que cette lumiere, long-tems renfermée dans vous-même, ait éclaté malgré vous. Ceux qui ont répandu en secret des bienfaits doivent-ils renoncer à cette vertu, quand elle est devenue publique?

Eh! pourquoi rougir de son mérite? L'esprit orné n'est qu'une beauté de plus. C'est un nouvel Empire. On souhaite aux Arts la protection des Souverains: celle de la Beauté n'est-elle pas au-dessus?

Permettez moi de dire encore qu'une des raisons qui doivent faire estimer les femmes qui font usage de leur esprit, c'est que le goût seul les détermine. Elles ne cherchent en cela qu'un nouveau plaisir, & c'est en quoi elles sont bien louables.

Pour nous autres hommes, c'est souvent par vanité, quelquefois par intérêt, que nous consumons notre vie dans la culture des Arts. Nous en faisons les instrumens de notre fortune; c'est une espèce de profanation. Je suis fâché qu'Horace dise de lui:

(*) L'Indigence est le Dieu qui m'inspira des Vers.

La rouille de l'Envie, l'artifice des Intrigues, le poison de la Calomnie, l'assassinat de la Satire (si j'ose m'exprimer ainsi) deshonorent parmi les hommes une profession qui par elle-même a quelque chose de divin.

Pour

(*) ——————— Paupertas impulit audax
Ut versus facerem ———————

Horat. Epist. Lib. II. Epist. 2. vs. 51.

Pour moi, MADAME, qu'un penchant in-
vincible a déterminé aux Arts dès mon enfance; je
me suis dit de bonne heure ces paroles, que je vous
ai souvent répétées, de Cicéron, ce Conful Romain
qui fut le pere de la Patrie, de la Liberté & de
l'Eloquence: (*) „ *Les Lettres forment la Jeu-*
„ *neffe, & font les charmes de l'âge avancé. La*
„ *prospérité en est plus brillante. L'adverfité en*
„ *reçoit des confolations; & dans nos maifons,*
„ *dans celles des autres, dans les voyages, dans*
„ *la folitude, en tous tems, en tous lieux, elles*
„ *font la douceur de notre vie.*
Je les ai toujours aimées pour elles-mêmes; mais
à préfent, MADAME, je les cultive pour
vous, pour mériter, s'il est poffible, de paffer au-
près de vous le refte de ma vie, dans le fein de la
retraite, de la paix, peut-être de la Vérité, à
qui vous facrifiez dans votre jeuneffe les plaifirs
faux, mais enchanteurs du monde; enfin pour être
à portée de dire un jour avec Lucrece, ce Poëte
Philofophe, dont les beautés & les erreurs vous font
fi connues:

(†) Heureux ! qui retiré dans le Temple des
　　Sages,

Voit

(*) Studia Adolefcentiam alunt, Senectutem oblectant,
fecundas res ornant, adverfis perfugium ac folatium præ-
bent; delectant domi, non impediunt foris, pernoctant
nobifcum, peregrinantur, rufticantur.

(†) *Sed nil dulcius est, bene quam munita tenere*
Edita doctrina Sapientum templa ferena,
Defpicere unde queas alios, paffimque videre

Er-

Voit en paix fous fes pieds fe former les ora-
    ges :
Qui contemple de loin les mortels infenfés,
De leur joug volontaire efclaves empreffés,
Inquiets, incertains du chemin qu'il faut fui-
    vre,
Sans penfer, fans jouïr, ignorent l'art de vi-
    vre ;
Dans l'agitation confumant leurs beaux jours,
Pourfuivant la fortune & rampant dans les
    Cours.
O vanité de l'homme ! O foibleffe ! O mifere !

*Je n'ajouterai rien à cette longue Epître, tou-
chant la Tragédie que j'ai l'honneur de vous dédier.
Comment en parler, MADAME, après avoir
parlé de vous ? Tout ce que je puis dire, c'eft que
je l'ai compofée dans votre Maifon & fous vos
yeux. J'ai voulu la rendre moins indigne de vous,
en y mettant de la nouveauté, de la vérité & de
la vertu. J'ai effayé de peindre ce fentiment généreux, cette humanité, cette grandeur d'ame qui
fait le bien & qui pardonne le mal, ces fentimens
tant recommandés par les Sages de l'Antiquité, &
épurés dans notre Religion, ces vraies Loix de la
Nature, toujours fi mal fuivies. Vous avez ôté
bien des défauts à cet Ouvrage, vous connoiffez*
                                        ceux

Errare, atque viam palanteis quærere vitæ
Certare ingenio, contendere nobilitate,
Noctes atque dies niti præftante labore
Ad fummas emergere opes, rerumque potiri.
O miferas hominum mentes ! O pectora cæca !

ceux qui le défigurent encore. Puiſſe le Public,
d'autant plus ſévère qu'il a d'abord été plus indul-
gent, me pardonner, comme vous, mes fautes!
    Puiſſe au moins cet hommage, que je vous rends,
MADAME, périr moins vîte que mes autres
Ecrits! Il ſeroit immortel, s'il étoit digne de celle
à qui l'adreſſe.

    Je ſuis avec un profond reſpect,

M A D A M E,

Votre très-humble & très-
obéïſſant Serviteur,

D E V O L T A I R E.

D I S-

DISCOURS

PRÉLIMINAIRE.

ON a tâché dans cette Tragédie, toute d'invention & d'une espèce assez neuve, de faire voir combien le véritable esprit de Religion l'emporte sur les vertus de la Nature.

La Religion d'un Barbare consiste à offrir à ses Dieux le sang de ses Ennemis. Un Chrétien mal instruit n'est souvent guère plus juste. Etre fidèle à quelques pratiques inutiles, & infidèle aux vrais devoirs de l'homme: faire certaines prières & garder ses vices: jeuner, mais haïr, cabaler, persécuter ; voilà sa Religion. Celle du Chrétien véritable est de regarder tous les hommes comme ses freres , de leur faire du bien, & de leur pardonner le mal.

Tel est Gusman au moment de sa mort, tel est Alvares dans le cours de sa vie ; tel j'ai peint Henri IV. même au milieu de ses foiblesses.

On retrouvera dans presque tous mes Ecrits

cette

cette humanité qui doit être le premier caractère d'un Etre penfant : on y verra (fi j'ofe m'exprimer ainfi) le defir du bonheur des hommes, l'horreur de l'injuftice & de l'oppreffion ; & c'eft cela feul qui a jufqu'ici tiré mes Ouvrages de l'obfcurité où leurs défauts devoient les enfévelir.

Voilà pourquoi la HENRIADE s'eft foutenue malgré les efforts de quelques Français jaloux, qui ne veulent pas abfolument que la France ait un Poëme Epique. Il y a toujours un petit nombre de Lecteurs, qui ne laiffent point empoifonner leur jugement du venin des cabales & des intrigues, qui n'aiment que le vrai, qui cherchent toujours l'homme dans l'Auteur. Voilà ceux devant qui j'ai trouvé grace. C'eft à ce petit nombre d'hommes que j'adreffe les réflexions fuivantes ; j'efpére qu'ils les pardonneront à la néceffité où je fuis de les faire.

Un Etranger s'étonnoit un jour à Paris d'une foule de Libelles de toute efpèce, & d'un déchaînement cruel, par lequel un homme étoit opprimé. Il faut apparemment, dit-il, que cet homme foit d'une grande ambition, & qu'il cherche à s'élever à quelqu'un de ces poftes qui irritent la cupidité humaine & l'envie. Non, lui répondit-on ; c'eft un Citoyen obfcur, retiré, qui vit plus avec Virgile & Locke, qu'avec fes Compatriotes, & dont la figure n'eft pas plus connue de quelques-uns de fes ennemis, que du Graveur qui a prétendu graver fon Portrait. C'eft l'Auteur de
quel-

quelques Pièces qui vous ont fait verſer des larmes, & de quelques Ouvrages dans leſquels, malgré leurs défauts, vous aimez cet eſprit d'humanité, de juſtice, de liberté qui y régne. Ceux qui le calomnient, ce ſont des hommes pour la plûpart plus obſcurs que lui, qui prétendent lui diſputer un peu de fumée, & qui le perſécuteront juſqu'à ſa mort, uniquement à cauſe du plaiſir qu'il vous a donné.

Cet Etranger ſe ſentit quelque indignation pour les Perſécuteurs, & quelque bienveillance pour le Perſécuté.

Il eſt dur, il faut l'avouer, de ne point obtenir de ſes Contemporains & de ſes Compatriotes, ce que l'on peut eſpérer des Etrangers & de la Poſtérité. Il eſt bien cruel, bien honteux pour l'Eſprit humain, que la Littérature ſoit infectée de ces haines perſonnelles, de ces cabales, de ces intrigues qui devroient être le partage des Eſclaves de la fortune. Que gagnent les Auteurs en ſe déchirant mutuellement? Ils aviliſſent une profeſſion qu'il ne tient qu'à eux de rendre reſpectable. Faut-il que l'Art de penſer, le plus beau partage des hommes, devienne une ſource de ridicule; & que les gens d'eſprit rendus ſouvent par leurs querelles le jouet des Sots, ſoient les Bouffons d'un Public dont ils devroient être les Maîtres.

Virgile, Varius, Pollion, Horace, Tibulle, étoient amis; les monumens de leur amitié ſubſiſtent, & apprendront à jamais aux hommes que les eſprits ſupérieurs doivent ê-

K 2   tre

tre unis.   Si nous n'atteignons pas à l'excel-
lence de leur génie , ne pouvons-nous pas au
moins avoir leurs vertus ? Ces hommes fur qui
l'Univers avoit les yeux, qui avoient à fe dif-
puter l'admiration de l'Afie , de l'Afrique, de
l'Europe , s'aimoient pourtant & vivoient en
frères ; & nous, qui fommes renfermés fur un
fi petit théâtre, nous , dont les noms à peine
connus dans un coin du Monde , paffercont
bien-tôt comme nos modes, nous nous achar-
nons les uns contre les autres pour un éclair
de réputation , qui hors de notre petit Hori-
fon, ne frappe les yeux de perfonne. Nous
fommes dans un tems de difette , nous avons
peu, nous nous l'arrachons.   Virgile & Horace ne fe difputoient rien parce qu'ils étoient
dans l'abondance.

On a imprimé un Livre , *De Morbis Artifi-*
cum : de la maladie des Artiftes. . La plus incu-
rable eft cette jaloufie & cette baffeffe.   Mais
ce qu'il y a de deshonorant , c'eft que l'interêt a fouvent plus de part encore que l'envie
à toutes ces petites Brochures fatiriques, dont
nous fommes inondés.   On demandoit il n'y
a pas long-tems à un homme qui avoit fait je
ne fai qu'elle mauvaife Brochure , contre fon
ami & fon bienfaiéteur , pourquoi il s'étoit
emporté à cet excès d'ingratitude ? Il répondit
froidement: Il faut que je vive.

De quelque fource que partent ces outra-
ges , il eft fûr qu'un homme qui n'eft attaqué
que dans fes Ecrits ne doit jamais répondre
aux Critiques ; car fi elles font bonnes , il n'a
                                                    autre

autre chofe à faire qu'à fe corriger ; & fi elles
font mauvaifes, elles meurent en naiſſant.
Souvenons-nous de la Fable du Bocalini. ,, Un
,, Voyageur, dit-il, étoit importuné dans ſon
,, chemin du bruit des Cigales, il s'arrêta pour
,, les tuer; il n'en vint pas à bout, & ne fit
,, que s'écarter de ſa route. Il n'avoit qu'à
,, continuer paiſiblement ſon voyage; les Ci-
,, gales feroient mortes d'elles-mêmes au bout
,, de huit jours ''.

Il faut toujours que l'Auteur s'oublie; mais
l'homme ne doit jamais s'oublier, *ſe ipſum de-
ſerere turpiſſimum eſt.* On ſait que ceux qui
n'ont pas aſſez d'eſprit pour attaquer nos Ouvrages, calomnient nos perſonnes; quelque
honteux qu'il ſoit de leur répondre, il le feroit
quelquefois d'avantage de ne leur répondre
pas.

On m'a traité dans vingt Libelles, d'homme
ſans Religion; & une des belles preuves qu'on
en a apportées, c'eſt que dans Oedipe, Jocaſte
dit ces vers:

Les Prêtres ne ſont point ce qu'un vain Peuple
     penſe,
Notre crédulité fait toute leur ſcience.

Ceux qui m'ont fait ce reproche, ſont auſſi
raiſonnables pour le moins que ceux qui ont
imprimé que la HENRIADE dans pluſieurs
endroits *ſentoit bien ſon Semipélagien.*
On renouvelle ſouvent cette accuſation cruelle d'Irreligion, parce que c'eſt le dernier refu-

ge des Calomniateurs. Comment leur répondre? comment s'en confoler, finon en fe fouvenant de la foule de ces grands hommes, qui depuis Socrate jufqu'à Defcartes ont effuyé ces calomnies atroces? Je ne ferai ici qu'une feule queftion : Je demande qui a le plus de religion, ou le Calomniateur qui perfécute, ou le Calomnié qui pardonne.

Ces mêmes Libelles me traitent d'homme envieux de la réputation d'autrui; je ne connois l'envie que par le mal qu'elle m'a voulu faire. J'ai défendu à mon efprit d'être fatirique, & il eft impoffible à mon cœur d'être envieux.

J'en appelle à l'Auteur de Radamifte & d'Electre, dont les Ouvrages m'ont infpiré les premiers le defir d'entrer quelque tems dans la même carriére: fes fuccès ne m'ont jamais coûté d'autres larmes que celles que l'attendriffement m'arrachoit aux repréfentations de fes Pièces ; il fait qu'il n'a fait naître en moi que de l'émulation & de l'amitié.

L'Auteur ingénieux & digne de beaucoup de confidération qui vient de travailler fur un Sujet à-peu-près femblable à ma Tragédie, & qui s'eft exercé à peindre ce contrafte des mœurs de l'Europe & de celles du Nouveau Monde, matiere fi favorable à la Poëfie, enrichira peut-être le Théâtre de fa Pièce nouvelle. Il verra fi je ferai le dernier à lui applaudir, & fi un indigne amour propre ferme mes yeux aux beautés d'un Ouvrage.

J'ofe dire avec confiance que je fuis plus attaché

taché aux Beaux-Arts qu'à mes Ecrits: fenſi-
ble à l'excès dès mon enfance pour tout ce qui
porte le caraĉtère de génie, je regarde un
grand Poëte, un bon Muſicien, un bon Peintre, un Sculpteur habile (s'il a de la probité)
comme un homme que je dois chérir, comme
un frere que les Arts m'ont donné ; les jeunes
gens qui voudront s'appliquer aux Lettres,
trouveront en moi un ami, pluſieurs y ont
trouvé un pere. Voilà mes ſentimens ; quiconque a vêcu avec moi ſait bien que je n'en
ai point d'autres.

Je me ſuis cru obligé de parler ainſi au Public ſur moi-même une fois en ma vie. A l'é-
gard de ma Tragédie, je n'en dirai rien. Réfuter des Critiques eſt un vain amour propre ;
confondre la Calomnie eſt un devoir.

K 4   A C.

ACTEURS.

D. GUSMAN, Gouverneur du Pérou.

D. ALVARES, Pere de Gusman, ancien Gouverneur.

ZAMORE, Souverain d'une partie du Potoze.

MONTEZE, Souverain d'une autre partie.

ALZIRE, Fille de Monteze.

EMIRE,

CEPHANE, } Suivantes d'Alzire.

OFFICIERS ESPAGNOLS.

AMERICAINS.

La Scène est dans la Ville de Los-Reyes autrement Lima.

S,

rou,

n, ×

e dal

re pe

L S

ool;

A l

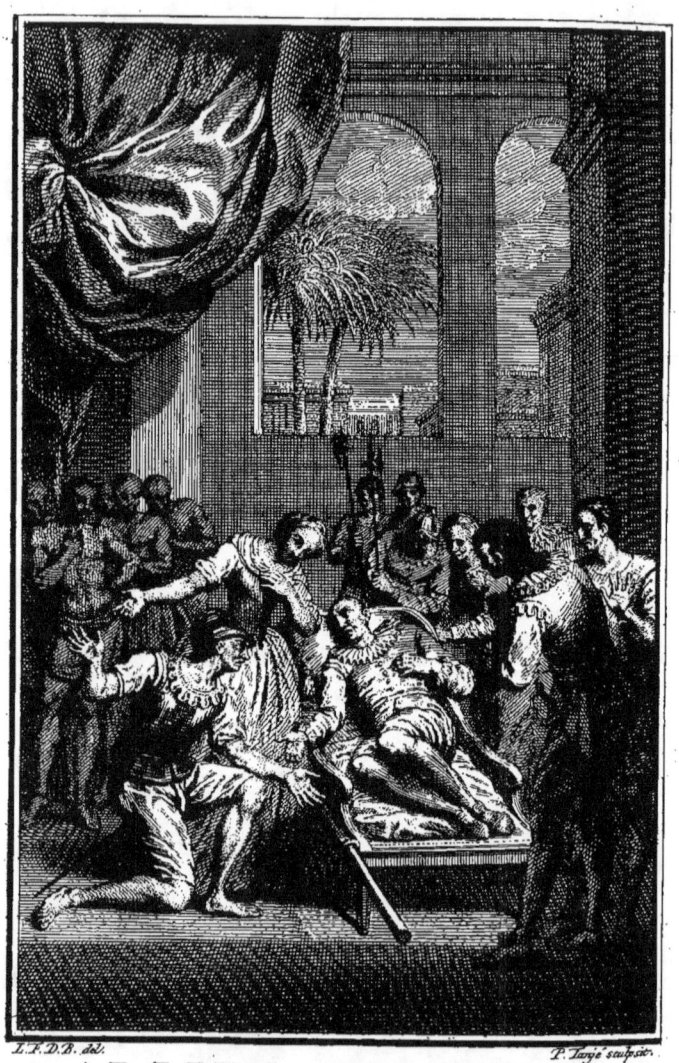

L.F.D.B. del. P. Tanje sculpsit.

ALZIRE TRAGEDIE

ALZIRE,

OU LES

AMÉRICAINS,

TRAGÉDIE.

ACTE PREMIER.

SCENE I.

ALVARES, D. GUSMAN.

ALVARES.

D U Conseil de Madrid l'Autorité supre-
me
Pour Successeur enfin, me donne un fils
que j'aime.
Faites régner le Prince & le Dieu que je sers,

Sur la riche moitié d'un Nouvel Univers:

Gouvernez cette Rive en malheurs trop féconde,

Qui produit les tresors & les crimes du monde;

Je vous remets, mon fils, ces honneurs souverains

Que la vieilleſſe arrache à mes débiles mains.

J'ai conſumé mon âge au ſein de l'Amérique,

Je montrai le premier au Peuple du Méxique (*)

L'appareil inouï, pour ces Mortels nouveaux,

De nos Châteaux aîlés qui voloient ſur les eaux:

Des Mers de Magellan juſqu'aux Aſtres de l'Our-
ſe,

Les Vainqueurs Caſtillans (†), ont dirigé ma cour-
ſe;

Heureux, ſi j'avois pu, pour fruit de mes travaux,

En Chrétiens vertueux, changer tous ces Héros!

Mais qui peut arrêter l'abus de la victoire?

Leurs cruautés, mon fils, ont obſcurci leur gloire,

Et j'ai pleuré long-tems ſur ces triſtes Vainqueurs,

Que le Ciel fit ſi grands, ſans les rendre meilleurs.

Je touche au dernier pas de ma longue carriere

Et

(*) L'Expédition du Méxique ſe fit en 1517 & celle du
Pérou en 1525. Ainſi Alvares a pu aiſément les voir. Los-
Reyes lieu de la Scène fut bâti en 1535.

(†) On ſait quelles cruautés Fernand Cortez exerça au
Méxique, & Pizaro au Pérou.

Et mes yeux fans regret quitteront la lumiere,

S'ils vous ont vu régir, fous d'équitables loix,

L'Empire du Potoze & la Ville des Rois.

GUSMAN.

J'ai conquis avec vous ce fauvage Hemifphére,

Dans ces Climats brûlans j'ai vaincu fous mon Pere;

Je dois de vous encor apprendre à gouverner,

Et recevoir vos loix plutôt que d'en donner.

ALVARES.

Non, non, l'autorité ne veut point de partage:

Confumé de travaux, appefanti par l'âge,

Je fuis las du pouvoir; c'eft affez fi ma voix

Parle encor au Confeil, & régle vos exploits.

Croyez moi, les Humains que j'ai trop fû connoître

Méritent peu, mon fils, qu'on veuille être leur
maître.

Je confacre à mon Dieu négligé trop long-tems,

De ma caducité les reftes languiffants.

Je ne veux qu'une grace, elle me fera chere,

Je l'attends comme ami, je la demande en pere.

Mon fils, remettez-moi ces Efclaves obfcurs,

Aujourd'hui, par votre ordre, arrêtés dans nos
murs;

Songez

Songez que ce grand jour doit être un jour propice,

Marqué par la Clémence & non par la Justice.

G U S M A N.

Quand vous priez un fils, Seigneur vous commandez ;

Mais daignez voir au moins ce que vous hazardez.

D'une Ville naissante encor mal affûrée,

Au Peuple Américain nous défendons l'entrée :

Empêchons, croyez-moi, que ce Peuple orgueilleux,

Au fer qui l'a dompté n'accoutume ses yeux ;

Que méprisant nos loix & prompt à les enfrein-
dre,

Il ose contempler, des Maîtres qu'il doit craindre.

Il faut toujours qu'il tremble, & n'apprenne à nous
voir

Qu'armés de la vengeance ainsi que du pouvoir.

L'Américain farouche est un Monstre sauvage,

Qui mord en frémissant le frein de l'Esclavage :

Soumis au châtiment, fier dans l'impunité,

De la main qui le flatte il se croit redouté.

Tout pouvoir, en un mot, périt par l'indulgence,

Et la sévérité produit l'obéissance.

Je sai qu'aux Castillans, il suffit de l'honneur,

Qu'à

Qu'à servir fans murmure ils mettent leur grandeur:

Mais le refte du monde efclave de la crainte

A befoin qu'on l'opprime & fert avec contrainte;

Les Dieux même adorés dans ces Climats affreux

S'ils ne font teints du fang, n'obtiennent point de
vœux (*).

A L V A R E S.

Ah mon fils, que je hais ces rigueurs tyranniques!

Les pouvez-vous aimer ces forfaits politiques;

Vous Chrétien, vous choifi pour régner deformais

Sur des Chrétiens nouveaux au nom d'un Dieu de
paix?

Vos yeux ne font-ils pas affouvis des ravages

Qui de ce Continent dépeuplent les Rivages?

Des bords de l'Orient, n'étois-je donc venu

Dans un Monde idolâtre, à l'Europe inconnu,

Que pour voir abhorrer fous ce brûlant Tropique

Et le nom de l'Europe & le nom Catholique!

Ah! Dieu nous envoyoit, par un contraire choix,

Pour annoncer fon Nom, pour faire aimer fes
Loix:

Et

(*) On immoloit des hommes en Amérique; mais il n'y
a aucun Peuple qui n'ait été coupable de cette horrible fu-
perftition.

Et nous de ces Climats, deſtructeurs implacables,

Nous & d'or & de ſang toujours inſatiables,

Deſerteurs de ces Loix qu'il falloit enſeigner,

Nous égorgeons ce Peuple au-lieu de le gagner;

Par nous tout eſt en ſang, par nous tout eſt en poudre,

Et nous n'avons du Ciel imité que la foudre.

Notre nom, je l'avoue, inſpire la terreur,

Les Eſpagnols ſont craints, mais ils ſont en horreur:

Fleaux du Nouveau Monde, injuſtes, vains, ava-
res,

Nous ſeuls en ces Climats, nous ſommes les Barbares;

L'Américain farouche en ſa ſimplicité

Nous égale en courage, & nous paſſe en bonté.

Hélas! ſi, comme vous, il étoit ſanguinaire,

S'il n'avoit des vertus, vous n'auriez plus de pere.

Avez-vous oublié qu'ils m'ont ſauvé le jour?

Avez-vous oublié, que, près de ce ſéjour,

Je me vis entouré par ce Peuple en furie

Rendu cruel enfin par notre barbarie?

Tous les miens, à mes yeux, terminérent leur ſort.

J'étois ſeul, ſans ſecours, & j'attendois la mort:

Mais à mon nom, mons fils, je vis tomber leurs
armes;

Un

Un jeune Américain, les yeux baignés de larmes,

Au lieu de me frapper, embrassa mes genoux.

„ Alvarès, me dit-il, Alvarès est-ce vous?

„ Vivez, votre vertu nous est trop nécessaire:

„ Vivez, aux malheureux servez long-tems de pe-
  „ re:

„ Qu'un Peuple de Tyrans qui veut nous enchaî-
  „ ner

„ Du moins par cet exemple apprenne à pardon-
  „ ner ;

„ Allez, la grandeur d'ame est ici le partage

„ Du Peuple infortuné qu'ils ont nommé sauvage.

Eh bien vous gémissez, je sens qu'à ce recit

Votre cœur, malgré vous, s'émeut & s'adoucit,

L'humanité vous parle ainsi que votre pere!

Ah ! si la cruauté vous étoit toujours chere ,

De quel front aujourd'hui pourriez-vous vous offrir

Au vertueux Objet qu'il vous faut attendrir ,

A la fille des Rois de ces tristes Contrées

Qu'à vos sanglantes mains la fortune a livrées?

Prétendez-vous, mon fils, cimenter ces liens

Par le sang répandu de ses Concitoyens?

Ou bien attendez-vous que ses cris & ses larmes

De vos sévères mains fassent tomber les armes?

G U S.

G U S M A N.

Eh bien vous l'ordonnez, je brife leurs liens,

J'y confens ; mais fongez qu'il faut qu'ils foient
 Chrétiens.

Ainfi le veut la Loi : quitter l'Idolâtrie

Eft un tître en ces Lieux pour mériter la vie :

A la Religion gagnons les à ce prix :

Commandons aux Cœurs même, & forçons les
 Efprits ;

De la néceffité le pouvoir invincible

Traîne aux pieds des Autels un courage infléxible.

Je veux que ces Mortels, efclaves de ma Loi,

Tremblent fous un feul Dieu, comme fous un feul
 Roi.

A L V A R E S.

Ecoutez-moi, mon fils, plus que vous je defire,

Qu'ici la Vérité fonde un nouvel Empire,

Que le Ciel & l'Efpagne y foient fans ennemis,

Mais les Cœurs opprimés ne font jamais foumis ;

J'en ai gagné plus d'un, je n'ai forcé perfonne,

Et le vrai Dieu, mon fils, eft un Dieu qui pardonne.

G U S M A N.

Je me rends donc, Seigneur, & vous l'avez voulu,

Vous

Vous avez fur un fils un pouvoir abfolu ;
Oui, vous amoliriez le cœur le plus farouche,
L'indulgente vertu parle par votre bouche.
Eh bien, puifque le Ciel voulut vous accorder
Ce don, cet heureux don, de tout perfuader,
C'eft de vous que j'attends le bonheur de ma vie ;
Alzire contre moi par mes feux enhardie,
Se donnant à regret , ne me rend point heureux.
Je l'aime, je l'avoue, & plus que je ne veux ;
Mais enfin je ne peux, même en voulant lui plaire,
De mon cœur trop altier fléchir le caractère ,
Et rampant fous fes loix, efclave d'un coup d'œil,
Par des foumiffions careffer fon orgueil.
Je ne veux point fur moi lui donner tant d'empire,
Vous feul, vous pouvez tout fur le pere d'Alzire ,
En un mot, parlez-lui pour la derniere fois ;
Qu'il commande à fa fille & force enfin fon choix.
Daignez.... mais c'en eft trop, je rougis que mon
        pere
Pour l'interêt d'un fils s'abaiffe à la priere.

ALVARES.

C'en eft fait, j'ai parlé, mon fils, & fans rougir
Monteze a vu fa fille, il l'aura fu fléchir ;
De fa Famille augufte en ces lieux prifonniére,

Le Ciel a par mes foins confolé la mifére.

Pour le vrai Dieu Monteze a quitté fes faux Dieux,

Lui-même de fa fille, a défillé les yeux,

De tout ce Nouveau Monde Alzire eft le modelle,

Les Peuples incertains fixent les yeux fur elle:

Son cœur aux Caftillans va donner tous les cœurs,

L'Amérique à genoux adoptera nos mœurs;

La Foi doit y jetter fes racines profondes,

Votre Hymen eft le nœud qui joindra les deux
    Mondes.

Ces féroces Humains qui déteftent nos Loix,

Voyant entre vos bras la fille de leurs Rois,

Vont d'un efprit moins fier & d'un cœur plus facile,

Sous votre joug heureux baiffer un front docile;

Et je verrai, mon fils, grace à ces doux liens,

Tous les cœurs deformais Efpagnols & Chrétiens.

Monteze vient ici, mon fils, allez m'attendre

Aux Autels, où fa fille avec lui va fe rendre.

S C E·

SCÈNE II.

ALVARES, MONTEZE.

ALVARES.

EH bien votre fageffe & votre autorité
Ont d'Alzire en effet, fléchi la volonté ?

MONTEZE.

Pere des Malheureux, pardonne fi ma fille,
Dont Gusman détruifit l'Empire & la Famille,
Semble éprouver encor un refte de terreur,
Et d'un pas chancelant, marche vers fon Vainqueur.
Les nœuds qui vont unir l'Europe & ma Patrie
Ont révolté ma fille en ces Climats nourrie:
Mais tous les préjugez s'effacent à ta voix,
Tes mœurs nous ont appris à révérer tes loix;
C'eft par toi que le Ciel à nous s'eft fait connoî-
tre,
Notre efprit éclairé te doit fon nouvel être,
Sous le fer Caftillan ce Monde eft abattu,
Il céde à la puiffance, & nous à la Vertu.
De tes Concitoyens la rage impitoyable

L 2

Auroit

Auroit rendu comme eux leur Dieu même haïssa-
ble :

Nous déteftions ce Dieu qu'annonça leur fureur,

Nous l'aimons dans toi feul, il s'eft peint dans ton
cœur ;

Voilà ce qui te donne & Monteze & ma fille.

Inftruits par tes vertus, nous fommes ta famille,

Sers lui long-tems de pere ainfi qu'à nos Etats:

Je la donne à ton fils, je la mets dans fes bras,

Le Pérou, le Potoze, Alzire eft fa conquête:

Va dans ton Temple augufte en ordonner la fête,

Va, je crois voir des Cieux les Peuples éternels,

Defcendre de leur Sphére & fe joindre aux Mortels.

Je réponds de ma fille, elle va reconnaître

Dans le fier Don Gusman fon Epoux & fon Maître.

A L V A R E S.

Ah ! puifqu'enfin mes mains ont pu former ces
nœuds,

Cher Monteze, au tombeau je defcends trop heureux.

Toi qui nous découvris ces immenfes Contrées,

Rends du Monde aujourd'hui les bornes éclairées:

Dieu des Chrétiens , préfide à ces vœux folem-
nels,

Les

Les premiers qu'en ces lieux on forme à tes Autels;

Descends, attire à toi l'Amérique étonnée.

Adieu, je vais presser cet heureux Hymenée,

Adieu, je vous devrai le bonheur de mon fils.

※※※※※※※※※※※※※※※

SCÈNE III.

MONTEZE *seul.*

Dieu destructeur des Dieux que j'avois trop servis,

Protége de mes ans la fin dure & funeste,

Tout me fut enlevé, ma fille ici me reste;

Daigne veiller sur elle & conduire son cœur !

SCÉNE IV.

MONTEZE, ALZIRE.

MONTEZE.

MA fille, il en eſt tems, conſens à ton bon-
heur,
Ou plutôt, ſi ta foi, ſi ton cœur me ſeconde,
Par ta félicité fais le bonheur du Monde:
Protege les vaincus, commande à nos vainqueurs,
Eteins entre leurs mains leurs foudres deſtrućteurs:
Remonte au rang des Rois, du ſein de la miſére,
Tu dois à ton état plier ton caraćtère:
Prends un cœur tout nouveau; viens, obéïs, ſuis-
moi,
Et renais Eſpagnolle, en renonçant à toi.
Seche tes pleurs, Alzire, ils outragent ton pere.

ALZIRE.

Tout mon ſang eſt à vous, mais ſi je vous ſuis
chére,
Voyez mon deſeſpoir & liſez dans mon cœur.

MONTEZE.

Non, je ne veux plus voir ta houteufe douleur,
J'ai reçu ta parole, il faut qu'on l'accompliffe.

ALZIRE.

Vous m'avez arraché cet affreux facrifice;
Mais, quel tems, juftes Cieux, pour engager ma
    foi!
Voici ce jour horrible où tout périt pour moi,
Où de ce fier Gusman le fer ofa détruire,
Des enfans du Soleil, le redoutable Empire.
Que ce jour eft marqué par des fignes affreux!

MONTEZE.

Nous feuls rendons les jours heureux ou malheu-
    reux;
Quitte un vain préjugé l'Ouvrage de nos Prêtres,
Qu'à nos Peuples groffiers ont tranfmis nos Ancê-
    tres.

ALZIRE.

Au même jour hélas! le vangeur de l'Etat,
Zamore mon efpoir périt dans le combat,
Zamore mon Amant, choifi pour votre gendre.

MONTEZE.

J'ai donné comme toi des larmes à fa cendre,

Les

Les Morts dans le tombeau n'éxigent point ta foi,
Porte, porte aux Autels un cœur maître de foi;
D'un amour infenfé pour des cendres éteintes
Commande à ta vertu d'écarter les atteintes.
Tu dois ton ame entiere à la Loi des Chrétiens,
Dieu t'ordonne par moi de former ces liens:
Il t'appelle aux Autels, il régle ta conduite ;
Entends fa voix.

A L Z I R E.

Mon Pere, où m'avez-vous réduite!
Je fai ce qu'eft un pere, & quel eft fon pouvoir,
M'immoler quand il parle eft mon premier devoir,
que ce devoir facré la nature a prescrite
Et mon obéïffance a paffé les limites,
Mes yeux n'ont jufqu'ici rien vu que par vos yeux,
Mon cœur changé par vous abandonna fes Dieux.
Je ne regrette point leurs grandeurs terraffées
Devant ce Dieu nouveau, comme nous abaiffées:
Mais vous, qui m'affûriez, dans mes troubles
    cruels,
Que la paix habitoit aux pieds de fes Autels,
Que fa Loi, fa Morale, & confolante & pure,
De mes fens defolés guériroit la bleffure,
Vous trompiez ma foibleffe! Un trait toujours vain-
    queur,

                            Dans

Dans le fein de ce Dieu, vient déchirer mon cœur.

Il y porte une image à jamais renaiffante,

Zamore vit encor au cœur de fon Amante.

Condamnez, s'il le faut, ces juftes fentimens,

Ce feu victorieux de la mort & du tems,

Cet amour immortel ordonné par vous-même.

Uniffez votre fille au fier Tyran qui m'aime,

Mon Pays le demande, il le faut, j'obéïs,

Mais tremblez, en formant ces nœuds mal affor-
tis;

Tremblez, vous qui d'un Dieu m'annoncez la vengeance,

Vous qui me condamnez d'aller en fa préfence

Promettre à cet Epoux, qu'on me donne aujour-
d'hui,

Un cœur qui brûle encor pour un autre que lui.

M O N T E Z E.

Ah, que dis-tu ma fille! épargne ma vieilleffe

Au nom de la Nature, au nom de ma tendreffe,

Par nos deftins affreux que ta main peut changer,

Par ce cœur paternel que tu viens d'outrager,

Ne rends point de mes ans la fin trop douloureufe.

Ai-je fait un feul pas, que pour te rendre heureufe?

Jouïs de mes travaux; mais crains d'empoifonner

L 5   Ce

Ce bonheur difficile où j'ai fu t'amener.
Ta carriere nouvelle, aujourd'hui commencée,
Par la main du devoir eft à jamais tracée.
Ce Monde gémiffant te preffe d'y courir,
Il n'efpére qu'en toi, voudrois-tu le trahir ?
Apprends à te dompter.

ALZIRE.

Faut-il apprendre à feindre ?
Quelle fcience, hélas !

SCE'NE V.

D. GUSMAN, ALZIRE.

GUSMAN.

J'Ai fujet de me plaindre
Qu'on l'on oppofe encor à mes empreffemens
L'offenfante lenteur de ces retardemens.
J'ai fufpendu ma loi, prête à punir l'audace
De tous ces ennemis dont vous vouliez la grace.
Ils font en liberté, mais j'aurois à rougir,
Si ce foible fervice eût pu vous attendrir.
J'attendois encor moins de mon pouvoir fuprême,

Je

Je voulois vous devoir à ma flamme, à vous-même,

Et je ne penfois pas, dans mes vœux fatisfaits,

Que ma félicité vous coûtât des regrets.

ALZIRE.

Que puiffe feulement la colere célefte

Ne pas rendre ce jour à tous les deux funefte!

Vous voyez quel effroi me trouble & me confond,

Il parle dans mes yeux, il eft peint fur mon front.

Tel eft mon caractère, & jamais mon vifage

N'a de mon cœur encor démenti le langage.

Qui peut fe déguifer pourroit trahir fa foi,

C'eft un art de l'Europe, il n'eft pas fait pour moi.

GUSMAN.

Je vois votre franchife, & je fai que Zamore

Vit dans votre mémoire & vous eft cher encore.

Ce Cacique (*) obftiné vaincu dans les combats

S'arme encor contre moi de la nuit du trépas;

Vivant je l'ai dompté, mort doit-il être à craindre?

Ceffez

(*) Le mot propre eft Inca; mais les Efpagnols accoutumés dans l'Amérique Septentrionale au titre de Cacique, le donnérent d'abord à tous les Souverains du Nouveau Monde.

Ceſſez de m'offenſer & ceſſez de le plaindre;

Votre devoir, mon nom, mon cœur en ſont bleſ-
ſés,

Et ce cœur eſt jaloux des pleurs que vous verſez.

A L Z I R E.

Ayez moins de colere & moins de jalouſie,

Un rival au tombeau doit cauſer peu d'énvie.

Je l'aimai, je l'avoue, & tel fut mon devoir.

De ce Monde opprimé Zamore étoit l'eſpoir,

Sa foi me fut promiſe, il eut pour moi des charmes,

Il m'aima: ſon trépas me coûte encor des larmes.

Vous, loin d'oſer ici condamner ma douleur,

Jugez de ma conſtance & connoiſſez mon cœur;

Et quittant avec moi cette fierté cruelle,

Méritez, s'il ſe peut, un ~~cœur auſſi~~ fidelle.

S C E N E VI.

G U S M A N ſeul.

SOn orgueil, je l'avoue, & ſa ſincérité

Etonne mon courage & plaît à ma fierté.

Allons, ne ſouffrons pas que cette humeur altiére

Coûte plus à dompter que l'Amérique entiére:

La

La groſſiére Nature, en formant ſes appas,

Lui laiſſe un cœur ſauvage , & fait pour ces Climats:

Le devoir fléchira ſon courage rebelle,

Ici tout m'eſt ſoumis, il ne reſte plus qu'elle;

Que l'Hymen en triomphe & qu'on ne diſe plus,

Qu'un Vainqueur & qu'un Maître eſſuya des refus.

Fin du premier Acte.

A C

A C T E II.

SCENE I.

ZAMORE, AME´RICAINS.

ZAMORE.

AMis de qui l'audace, aux Mortels peu
commune,
Renaît dans les dangers & croît dans l'infortune;

Illuftres Compagnons de mon funefte fort,
N'obtiendrons-nous jamais la vengeance ou la
mort?

Vivrons-nous fans fervir Alzire & la Patrie,

Sans ôter à Gusman fa déteftable vie,

Sans punir, fans trouver cet infolent vainqueur,

Sans vanger mon Pays qu'a perdu fa fureur?

Dieux impuiffants! Dieux vains de nos vaftes Contrées!

A des Dieux ennemis vous les avez livrées:

Et

Et fix cens Espagnols ont détruit fous leurs coups

Mon Pays & mon Trône, & vos Temples & vous.

Vous n'avez plus d'Autels & je n'ai plus d'Empire,

Nous avons tout perdu, je fuis privé d'Alzire :

J'ai porté mon courroux, ma honte & mes regrets

Dans les fables mouvans, dans le fond des Forêts ;

De la Zone brûlante & du milieu du Monde

L'Aftre du jour (*) a vu ma courfe vagabonde

Jufqu'aux lieux où ceffant d'éclairer nos Climats

Il ramene l'Année & revient fur fes pas.

Enfin votre amitié, vos foins, votre vaillance

A mes vaftes defirs ont rendu l'efpérance ;

Et j'ai cru fatisfaire, en cet affreux féjour,

Deux vertus de mon cœur, la vengeance & l'a-
mour.

Nous avons raffemblé des mortels intrépides,

Eternels ennemis de nos Maîtres avides,

Nous les avons laiffés dans ces Forêts errans

Pour obferver ces murs bâtis par nos Tyrans.

J'arrive, on nous faifit ; une foule inhumaine

Dans des goufres profonds nous plonge & nous enchaîne.

De

(*) L'Aftronomie, la Géographie, la Géométrie étoient cultivées au Pérou. On traçoit des Lignes fur des Colom-nes pour marquer les Equinoxes & les Solftices.

De ces lieux infernaux on nous laiſſe ſortir,

Sans que de notre ſort on nous daigne avertir.

Amis où ſommes-nous? Ne pourra-t-on m'inſtruire

Qui commande en ces Lieux, quel eſt le ſort d'Alzire?

Si Monteze eſt eſclave & voit encor le jour,

S'il traîne ſes malheurs en cette horrible Cour?

Chers & triſtes Amis du malheureux Zamore

Ne pouvez-vous m'apprendre un deſtin que j'ignore?

UN AMERICAIN.

En des lieux différens, comme toi, mis aux fers,

Conduits en ce Palais par des chemins divers,

Etrangers, inconnus chez ce Peuple farouche,

Nous n'avons rien appris de tout ce qui te touche.

Cacique infortuné, digne d'un meilleur ſort,

Du moins ſi nos Tyrans ont réſolu ta mort,

Tes amis avec toi, prêts à ceſſer de vivre,

Sont dignes de t'aimer, & dignes de te ſuivre.

ZAMORE.

Après l'honneur de vaincre, il n'eſt rien ſous les
Cieux

De plus grand en effet qu'un trépas glorieux;

Mais mourir dans l'opprobre & dans l'ignominie,

Mais

Mais laiffer en mourant des fers à fa Patrie,

Périr fans fe vanger, expirer par les mains

De ces Brigands d'Europe & de ces Affaffins,

Qui de fang enivrés, de nos trefors avides,

De ce Monde ufurpé defolateurs perfides,

Ont ofé me livrer à des tourmens honteux,

Pour m'arracher des biens plus méprifables qu'eux;

Entraîner au tombeau des Citoyens qu'on aime,

Laiffer à ces Tyrans la moitié de foi-même,

Abandonner Alzire à leur lâche fureur,

Cette mort eft affreufe & fait frémir d'horreur.

S C E' N E II.

A L V A R E S , Z A M O R E ,
A M E' R I C A I N S.

A L V A R E S.

Soyez libres , vivez.

Z A M O R E.
Ciel! que viens-je d'entendre !

Quelle eft cette vertu que je ne puis comprendre !

Quel Vieillard, ou quel Dieu, vient ici m'étonner !

Tu parois Efpagnol & tu fais pardonner !

M   Es-tu

Es-tu Roi? Cette Ville eſt-elle en ta puiſſance?

ALVARES.

Non ; mais je puis au moins protéger l'innocence.

ZAMORE.

Quel eſt donc ton deſſein Vieillard trop généreux?

ALVARES.

Celui de ſecourir les mortels malheureux.

ZAMORE.

Eh! qui peut t'inſpirer cette auguſte clémence?

ALVARES.

Dieu, ma Religion & la reconnoiſſance.

ZAMORE.

Dieu, ta Religion! Quoi ces Tyrans cruels,
Monſtres deſaltérés dans le ſang des Mortels,
Qui dépeuplent la Terre & dont la barbarie
En vaſte ſolitude a changé ma Patrie,
Dont l'infâme avarice eſt la ſuprême loi,
Mon pere ! ils n'ont donc pas le même Dieu que
toi?

ALVARES.

Ils ont le même Dieu, mon fils, mais ils l'outragent ;

Nés

Nés fous la Loi des Saints, dans le crime ils s'enga-
gent.

Ils ont tous abufé de leur nouveau pouvoir,

Tu connois leurs forfaits, mais connois mon devoir.

Le Soleil par deux fois a, d'un Tropique à l'autre,

Eclairé dans fa marche & ce Monde & le nôtre,

Depuis que l'un des tiens, par un noble fecours,

Maître de mon deftin, daigna fauver mes jours:

Mon cœur dès ce moment partagea vos miferes,

Tous vos Concitoyens font devenus mes freres;

Et je mourrois heureux fi je pouvois trouver

Ce Héros inconnu qui m'a pu conferver.

Z A M O R E.

A fes traits, à fon âge, à fa vertu fuprême,

C'eft lui; n'en doutons point; c'eft Alvares lui-même.

Pourrois-tu parmi nous reconnoître le bras,

A qui le Ciel permit d'empêcher ton trépas?

A L V A R E S.

Que me dit-il? Approche. O Ciel, ô Providence!

C'eft lui, voilà l'objet de ma reconnoiffance.

Mes yeux, mes triftes yeux affoiblis par les ans,

M 2   Hélas!

Hélas! avez-vous pu le chercher fi long-tems?

Mon bienfaiteur! mon fils! (*) parle, que dois je
    faire?

Daigne habiter ces lieux & je t'y fers de pere.

La mort a refpecté ces jours que je te doi,

Pour me donner le tems de m'acquitter vers toi.

Z A M O R E.

Mon pere, ah! fi jamais ta Nation cruelle,

Avoit de tes vertus montré quelqu'étincelle,

Crois-moi, cet Univers aujourd'hui defolé,

Au devant de leur joug fans peine auroit volé;

Mais autant que ton ame eft bienfaifante & pure,

Autant leur cruauté fait frémir la Nature,

Et j'aime mieux périr que de vivre avec eux.

Tout ce que j'ofe attendre & tout ce que je veux,

C'eft de favoir au moins fi leur main fanguinaire

Du malheureux Monteze a fini la mifere,

Si le pere d'Alzire. . . . . hélas! tu vois les pleurs

Qu'un fouvenir trop cher arrache à mes douleurs.

A L V A R E S.

Ne cache point tes pleurs, ceffe de t'en défendre,

C'eft de l'humanité la marque la plus tendre.

Mal-

(*) Il l'embraffe.

Malheur aux cœurs ingrats & nés pour les forfaits,
Que les douleurs d'autrui n'ont attendri jamais !
Apprens que ton ami plein de gloire & d'années
Coule ici près de moi ses douces destinées.

ZAMORE.

Le verrai-je?

ALVARES.

Oui, crois-moi; puisse-t-il aujourd'hui

~~Songer à vivre comme lui !~~ *T'engayer apprendre à vivre Comme lui !*

ZAMORE.

Quoi Monteze.... dis-tu?

ALVARES.

Je veux que de sa bouche
Tu sois instruit ici de tout ce qui le touche,
Du sort qui nous unit, de ces heureux liens
Qui vont joindre mon Peuple à tes Concitoyens;
Je vais dire à mon fils, dans l'excès de ma joie,
Ce bonheur inouï que le Ciel nous envoye.
Je te quitte un moment, mais c'est pour te servir,
Et pour serrer les nœuds qui vont tous nous unir.

SCE:

S C E N E III.

ZAMORE, AME'RICAINS.

ZAMORE.

DEs Cieux enfin fur moi la bonté fe déclare,
Je trouve un homme jufte en ce féjour barbare,
Alvarès eft un Dieu qui, parmi ces pervers,
Defcend pour adoucir les mœurs de l'Univers.
Il a dit-il un fils: ce fils fera mon freré;
Qu'il foit digne, s'il peut, d'un fi vertueux pere!
O jour! ô doux efpoir à mon cœur éperdu!
Monteze, après trois ans, tu vas m'être rendu.
Alzire, chere Alzire, ô toi que j'ai fervie,
Toi pour qui j'ai tout fait, toi l'ame de ma vie,
Serois-tu dans ces lieux? hélas! me gardes-tu
Cette fidélité, la premiére vertu?
Un cœur infortuné n'eft point fans défiance....
Mais quel autre Vieillard à mes regards s'avance?

SCE

S C E' N E   IV.

MONTEZE, ZAMORE, AME'-
RICAINS.

ZAMORE.

CHer Monteze, eſt-ce toi que je tiens dans mes
 bras ?
Revoi ton cher Zamore échappé du trépas,
Qui du ſein du tombeau renaît pour te défendre ;
Revoi ton tendre ami, ton allié, ton gendre.
Alzire eſt-elle ici ? parle quel eſt ſon fort ?
Acheve de me rendre ou la vie ou la mort.

M O N T E Z E.

Cacique malheureux ! fur le bruit de ta perte,
Aux plus tendres regrets notre ame étoit ouverte ;
Nous te redemandions à nos cruels deſtins,
Autour d'un vain tombeau que t'ont dreſſé nos
 mains.
Tu vis : puiſſe le Ciel te rendre un fort tranquile,
Puiſſent tous nos malheurs finir dans cet azyle !
Zamore, ah ! quel deſſein t'a conduit en ces lieux ?

Z A-

ZAMORE.

La foif de me vanger, toi, ta fille, & mes Dieux.

MONTEZE.

Que dis-tu?

ZAMORE.

Souviens-toi du jour épouvantable
Où ce ~~fur~~ Efpagnol, terrible, invulnérable,
Renverfa détruifit jufqu'en leurs fondemens
Ces murs, que du Soleil ont bâti les enfans (*).
GUSMAN étoit fon nom. Le deftin qui m'opprime
Ne m'apprit rien de lui que fon nom & fon crime.
Ce nom, mon cher Monteze, à mon cœur fi fatal,
Du pillage & du meurtre étoit l'affreux fignal.
A ce nom, de mes bras on m'arracha ta fille,
Dans un vil efclavage on traîna ta famille :
On démolit ce Temple & ces Autels chéris,
Où nos Dieux m'attendoient pour me nommer ton
    fils :
On me traîna vers lui ; dirai-je à quel fupplice,
A quels maux me livra fa barbare avarice,
Pour m'arracher ces biens par lui déifiés,

Ido-

(*) Les Péruviens qui avoient leurs Fables comme les
Peuples de notre Continent, croyoient que leur premier
Inca qui bâtit Cufco, étoit fils du Soleil.

Idoles de fon Peuple, & que je foule aux pieds?
Je fus laiffé mourant au milieu des tortures.
Le tems ne peut jamais affoiblir les injures,
Je viens après trois ans d'affembler des amis
Dans leur commune haine avec nous affermis:
Ils font dans nos Forêts & leur foule héroïque
Vient périr foûs ces murs ou vanger l'Amérique.

M O N T E Z E.

Je te plains; mais hélas! où vas-tu t'emporter?
Ne cherche point la mort qui vouloit t'éviter.
Que peuvent tes amis & leurs armes fragiles,
Des Habitans des eaux, dépouilles inutiles,
Ces marbres impuiffans en fabres façonnés,
Ces Soldats prefque nuds & mal difciplinés,
Contre ces fiers Géans, ces Tyrans de la Terre
De fer étincelans, armés de leur tonnerre,
Qui s'élancent fur nous auffi promts que les vents,
Sur des Monftres guerriers pour eux obéïffants.
L'Univers a cédé ... cédons mon cher Zamore.

Z A M O R E.

Moi fléchir, moi ramper, lorfque je vis encore!
Ah! Monteze, crois-moi, ces foudres, ces éclairs,
Ce fer, dont nos Tyrans font armés & couverts,

Ces

Ces rapides Courſiers qui ſous eux font la guerre,
Pouvoient à leur abord, épouvanter la Terre.
Je les vois d'un œil fixe & leur oſe inſulter,
Pour les vaincre, il ſuffit de ne rien redouter.
Leur nouveauté, qui ſeule a fait ce Monde eſclave,
Subjugue qui la craint, & céde à qui la brave.
L'or, ce poiſon brillant qui naît dans nos Climats,
Attire ici l'Europe, & ne nous défend pas.
Le fer manque à nos mains : les Cieux, pour nous
          avares,
Ont fait ce don funeſte à des mains plus barbares ;
Mais pour vanger enfin nos Peuples abattus,
Le Ciel, au lieu de fer, nous donna des vertus.
Je combats pour Alzire, & je vaincrai pour elle.

M O N T E Z E.

Le Ciel eſt contre toi : calme un frivole zèle.
Les tems ſont trop changés.

Z A M O R E.

              Que peux-tu dire, hélas !
Les tems ſont-ils changés, ſi ton cœur ne l'eſt pas ?
Si ta fille eſt fidelle à ſes vœux, à ſa gloire :
Si Zamore eſt préſent encor à ſa mémoire ?
Tu détournes les yeux, tu pleures, tu gémis !

                    M O N-

M O N T E Z E,

Zamore infortuné !

Z A M O R E.

> Ne suis-je plus ton fils ?

Nos Tyrans ont flétri ton ame magnanime ;
Sur le bord de la tombe ils t'ont appris le crime.

M O N T E Z E.

Je ne suis point coupable, & tous ces Conquérans,
Ainsi que tu le crois, ne font point des Tyrans.
Il en est que le Ciel guida dans cet Empire,
Moins pour nous conquérir qu'afin de nous ins-
    truire ;
Qui nous ont apporté de nouvelles vertus,
Des Secrets immortels, & des Arts inconnus,
La science de l'homme, un grand exemple à suivre ;
Enfin, l'Art d'être heureux, de penser, & de vivre.

Z A M O R E.

Que dis-tu ! quelle horreur ta bouche ose avouer ?
Alzire est leur esclave, & tu peux les louer !

M O N T E Z E.

Elle n'est point esclave.

Z A.

Z A M O R E.

Ah! Monteze, ah! mon pere,
Pardonne à mes malheurs, pardonne à ma colere!
Songe qu'elle eſt à moi par des nœuds éternels:
Oui, tu me l'as promiſe aux pieds des Immortels;
Ils ont reçu ſa foi, ſon cœur n'eſt point parjure.

M O N T E Z E.

N'atteſte point ces Dieux enfans de l'impoſture,
Ces Fantômes affreux, que je ne connois plus,
Sous le Dieu que j'adore ils ſont tous abattus.

Z A M O R E.

Quoi, ta Religion! Quoi, la Loi de nos peres!

M O N T E Z E.

J'ai connu ſon néant, j'ai quitté ſes chimeres;
Puiſſe le Dieu des Dieux, dans ce Monde ignoré,
Manifeſter ſon Etre à ton cœur éclairé!
Puiſſe-tu mieux connoître, ô! malheureux Zamore,
Les vertus de l'Europe, & le Dieu qu'elle adore!

Z A M O R E.

Quelles vertus! Cruel! les Tyrans de ces Lieux
T'ont fait eſclave en tout, t'ont arraché tes Dieux!
Tu les a donc trahis, pour trahir ta promeſſe?

Alzire

Alzire a-t-elle encore imité ta foibleſſe ?

Garde-toi. . . .

M O N T E Z E.

Va mon cœur ne ſe reproche rien.

Je dois benir mon ſort, & pleurer ſur le tien.

Z A M O R E.

Si tu trahis ta foi, tu dois pleurer ſans doute.

Pren pitié des tourmens que ton crime me coûte;

Pren pitié de ce cœur enivré tour à tour

De zèle pour mes Dieux, de vengeance & d'amour.

Je cherche ici Gusman, j'y vole pour Alzire,

Vien, conduis-moi vers elle, & qu'à ſes pieds j'ex-
    pire.

Ne me dérobe point le bonheur de la voir,

Crain de porter Zamore au dernier deſeſpoir,

Reprens un cœur humain, que ta vertu bannie...

S C E' N E V.

M O N T E Z E, Z A M O R E. *Suite.*

U N G A R D E *à Monteze.*

S Eigneur on vous attend pour la cérémonie.

M O N-

M O N T E Z E.

Je vous fuis.

Z A M O R E.

Ah! cruel, je ne te quitte pas.
Quelle eft donc cette pompe, où s'adreffent tes pas?
Monteze....

M O N T E Z E.

Adieu, crois-moi, fui de ce lieu funefte.

Z A M O R E.

Dût m'accabler ici la colere célefte,
Je te fuivrai.

M O N T E Z E.

Pardonne à mes foins paternels.

Aux Gardes,

Gardes empêchez-les de me fuivre aux Autels.
Ces Payens, élevés dans des Loix étrangéres,
Pourroient de nos Chrétiens profaner les Miftères:
Il ne m'appartient pas de vous donner des loix,
Mais Gusman vous l'ordonne & parle par ma voix.

S C E-

S C E' N E VI.

ZAMORE, AMÉRICAINS,

ZAMORE.

QU'ai-je entendu, Gusman! O trahison! O rage!
O comble des forfaits! lâche & dernier outrage!
Il serviroit Gusman! l'ai-je bien entendu!
Dans l'Univers entier n'est-il plus de vertu!
Alzire, Alzire aussi sera-t-elle coupable?
Aura-t elle sucé ce poison détestable
Apporté parmi nous par ces Persécuteurs,
Qui poursuivent nos jours & corrompent nos
    mœurs?
Gusman est donc ici? que résoudre & que faire?

UN AMÉRICAIN.

J'ose ici te donner un conseil salutaire.
Celui qui t'a sauvé, ce Vieillard vertueux,
Bien-tôt avec son fils va paroître à tes yeux.
Aux Portes de la Ville obtien qu'on nous conduise.
Sortons, allons tenter notre illustre entreprise:
Allons tout préparer contre nos Ennemis,
Et sur-tout n'épargnons qu'Alvarès & son Fils.

J'ai

J'ai vu de ces ramparts l'étrangére ſtructure,

Cet Art nouveau pour nous, vainqueur de la Natuře;

Ces angles, ces foſſés, ces hardis boulevards,

Ces Tonnerres d'airain grondant ſur les ramparts.

Ces pièges de la Guerre, où la mort ſe préſente,

Tout étonnants qu'ils ſont, n'ont rien qui m'épouvante.

Hélas! nos Citoyens enchaînés en ces lieux,

Servent à cimenter cet azyle odieux;

Ils dreſſent d'une main dans les fers avilie,

Ce Siège de l'orgueil & de la tyrannie.

Mais, crois-moi, dans l'inſtant qu'ils verront leurs
Vangeurs,

Leurs mains vont ſe lever ſur leurs Perſécuteurs;

Eux-même ils détruiront cet effroyable ouvrage,

Inſtrument de leur honte & de leur eſclavage.

Nos Soldats, nos Amis, dans ces foſſés ſanglants,

Vont te faire un chemin ſur leurs corps expirants.

Partons, & revenons, ſur ces coupables têtes,

Tourner ces traits de feu, ce fer & ces tempêtes,

Ce ſalpêtre enflammé, qui d'abord à nos yeux

Parut un feu ſacré, lancé des mains des Dieux.

Connoiſſons, renverſons cette horrible puiſſance,

Que l'orgueil trop long-tems fonda ſur l'ignorance.

Z A-

ZAMORE.

Illuftres malheureux! que j'aime à voir vos cœurs
Embraffer mes deffeins, & fentir mes fureurs!
Puiffions-nous de Gusman punir la barbarie!
Que fon fang fatisfaffe au fang de ma Patrie!
Trifte Divinité des mortels offenfés,
Vengeance! arme nos mains, qu'il meure, & c'eft
    affez,
Qu'il meure . . . mais hélas! plus malheureux que
    braves,
Nous parlons de punir & nous fommes Efclaves.
De notre fort affreux le joug s'appefantit.
Alvares difparoît, Monteze nous trahit,
Ce que j'aime eft peut-être en des mains que j'ab-
    horre;
Je n'ai d'autre douceur que d'en douter encore.
Mes amis, quels accens rempliffent ce féjour:
Ces flambeaux allumés ont redoublé le jour?
J'entends l'Airain tonnant de ce Peuple barbare:
Quelle Fête, ou quel crime, eft-ce donc qu'il pré-
    pare?
Voyons fi de ces lieux on peut au moins fortir;
Si je puis vous fauver, ou s'il nous faut périr.

Fin du fecond Acte.

N   ACTE

A C T E III.

S C E N E I.

ALZIRE *seule.*

Manes de mon Amant, j'ai donc trahi ma foi!
C'en eſt fait, & Gusman régne à jamais ſur moi!
L'Océan, qui s'éleve entre nos Hemiſphéres,
A donc mis entre nous d'impuiſſantes barriéres;
Je ſuis à lui, l'Autel a donc reçu nos vœux,
Et déja nos ſermens ſont écrits dans les Cieux!
O toi! qui me pourſuis, Ombre chere & ſanglante;
A mes ſens deſolés, Ombre à jamais préſente,
Cher Amant! ſi mes pleurs, mon trouble, mes re-mords,
Peuvent percer ta Tombe, & paſſer chez les Morts;

Si

Si le pouvoir d'un Dieu fait furvivre à fa cendre

Cet efprit d'un Héros, ce cœur fidèle & tendre ;

Cette ame qui m'aima jufqu'au dernier foupir,

Pardonne à cet Hymen où j'ai pù confentir.

Il falloit m'immoler aux volontés d'un Pere,

Au bien de mes Sujets, dont je me fens la Mere ;

A tant de malheureux, aux larmes des vaincus,

Au foin de l'Univers, hélas! où tu n'ès plus.

Zamore, laiffe en paix mon ame déchirée

Suivre l'affreux devoir où les Cieux m'ont livrée ;

Souffre un joug impofé par la néceffité ;

Permets ces nœuds cruels, ils m'ont affez coûté.

S C E N E II.

ALZIRE, EMIRE.

ALZIRE.

EH bien! veut-on toujours ravir à ma préfence,
Les Habitans des lieux fi chers à mon enfance ?

Ne puis-je voir enfin ces Captifs malheureux ;

Et goûter la douceur de pleurer avec eux?

N 2

EMI.

E M I R E.

Ah! plutôt de Gusman redoutez la furie,
Craignez pour ces Captifs, tremblez pour la Patrie.
On nous menace, on dit qu'à notre Nation
Ce jour sera le jour de la destruction.
On déploye aujourd'hui l'Etentard de la guerre,
On allume ces feux enfermés sous la terre;
On assembloit déja le sanglant Tribunal,
Monteze est appellé dans ce Conseil fatal,
C'est tout ce que j'ai su.

A L Z I R E.

       Ciel! qui m'avez trompée,
De quel étonnement je demeure frappée!
Quoi! presque entre mes bras, & du pied de l'Autel,
Gusman contre les miens leve son bras cruel!
Quoi! j'ai fait le serment du malheur de ma vie!
Serment, qui pour jamais m'avez assujettie!
Hymen, cruel Hymen! sous quel Astre odieux,
Mon pere a t-il formé tes redoutables nœuds!

                      S C E-

SCÈNE III.

ALZIRE, EMIRE, CEPHANE.

CEPHANE.

MAdame, un des Captifs, qui dans cette jour-
née
N'ont du leur liberté qu'à ce grand Hymenée,
A vos pieds en secret demande à se jetter.

ALZIRE.

Ah! qu'avec assûrance il peut se présenter!
Sur lui, sur ses amis, mon ame est attendrie,
Ils sont chers à mes yeux, j'aime en eux la Patrie.
Mais quoi! faut-il qu'un seul demande à me parler!

CEPHANE.

Il a quelques secrets, qu'il veut vous révéler.
C'est ce même Guerrier, dont la main tutelaire
De Gusman votre Epoux sauva, dit-on, le Pere.

EMIRE.

Il vous cherchoit, Madame, & Monteze en ces
lieux
Par des ordres secrets le cachoit à vos yeux.

Dans

Dans un sombre chagrin son ame enveloppée,
Sembloit d'un grand dessein profondément frappé.

C E P H A N E.

On lisoit sur son front le trouble & les douleurs.
Il vous nommoit, Madame, & répandoit des pleurs:
Et l'on connoît assez par ses plaintes secretes,
Qu'il ignore, & le rang & l'éclat où vous êtes.

A L Z I R E.

Quel éclat, cher Emire, & quel indigne rang!
Ce Héros malheureux, peut-être est de mon sang:
De ma famille au moins il a vu la puissance;
Peut-être de Zamore il avoit connoissance.
Qui sait, si de sa perte il ne fût pas témoin?
Il vient pour m'en parler: ah! quel funeste soin.
Sa voix redoublera les tourmens que j'endure,
Il va percer mon cœur & r'ouvrir ma blessure,
Mais n'importe, qu'il vienne. Un mouvement
    confus
S'empare malgré moi de mes sens éperdus.
Hélas! dans ce Palais arrosé de mes larmes,
Je n'ai point encor eu de moment sans allarmes.

S C E-

S C E' N E IV.

ALZIRE, ZAMORE, EMIRE.

ZAMORE.

M'Eſt - elle enfin rendue ? Eſt - ce elle que je
vois ?

ALZIRE.

Ciel ! tels étoient ſes traits, ſa démarche, ſa voix.

Elle tombe entre les mains de ſa Confidente.

Zamore.... Je ſuccombe ; à peine je reſpire.

ZAMORE.

Reconnoi-ton Amant.

ALZIRE.

Zamore aux pieds d'Alzire !

Eſt-ce une illuſion ?

ZAMORE.

Non, je revis pour toi.

Je reclame à tes pieds tes ſermens & ta foi.

O moitié de moi-même ! Idole de mon ame !

Toi, qu'un amour ſi tendre aſſûroit à ma flamme,

Q'uas-

Qu'as-tu fait des faints nœuds qui nous ont enchaînés ?

A L Z I R E.

O jours! O doux momens d'horreur empoifonnés !
Cher & fatal objet de douleur & de joie,
Ah! Zamore, en quel tems faut-il que je te voie?
Chaque mot dans mon cœur enfonce le poignard.

Z A M O R E.

Tu gémis & me vois!

A L Z I R E.

Je t'ai revu trop tard,

Z A M O R E.

Le bruit de mon trépas a du remplir le Monde.
J'ai traîné loin de toi ma courfe vagabonde,
Depuis que ces Brigands, t'arrachant à mes bras,
M'enlevérent mes Dieux, mon Trône & tes appas.
Sais-tu que ce Gusman, ce Deftructeur fauvage,
Par des tourmens fans nombre éprouva mon cou-
  rage ?
Sais-tu que ton Amant, à ton lit deftiné,
Chere Alzire, aux Bourreaux fe vit abandonné?
Tu frémis. Tu reffens le courroux qui m'enflamme.
L'horreur de cette injure a paffé dans ton ame.

Un

Un Dieu fans doute, un Dieu, qui préfide à l'a-
    mour,

Dans le fein du trépas me conferva le jour.

Tu n'as point démenti ce grand Dieu qui me guide;

Tu n'ès point devenue Efpagnole & perfide.

On dit que ce Gusman refpire dans ces lieux,

Je venois t'arracher à ce Monftre odieux.

Tu m'aimes: vangeons-nous; livre-moi ma victime.

A L Z I R E,

Oui, tu dois te vanger, tu dois punir le crime,

Frappe.

Z A M O R E.

Que me dis-tu? Quoi, tes vœux! Quoi, ta foi!

A L Z I R E.

Frappe, je fuis indigne, & du jour, & de toi.

Z A M O R E.

Ah Monteze! ah, cruel! mon cœur n'a pu te croire.

A L Z I R E.

A-t-il ofé t'apprendre une action fi noire?

Sais-tu pour quel Epoux j'ai pu t'abandonner?

Z A M O R E.

Non, mais parle: aujourd'hui rien ne peut m'é-
    tonner.

N 5   A L.

A L Z I R E.

Eh bien ! Voi donc l'abîme où le fort nous engage:
Voi le comble du crime, ainsi que de l'outrage.

Z A M O R E.

Alzire !

A L Z I R E,

Ce Gusman.....

Z A M O R E.

Grand Dieu !

A L Z I R E.

Ton assassin,
Vient en ce même instant de recevoir ma main.

Z A M O R E.

Lui !

A L Z I R E.

Mon Pere, Alvarès, ont trompé ma jeunesse.
Ils ont à cet Hymen entraîné ma foiblesse.
Ta criminelle Amante, aux Autels des Chrétiens,
Vient, presque sous tes yeux, de former ces liens.
J'ai tout quitté, mes Dieux, mon Amant, ma Pa-
trie:
Au nom de tous les trois, arrache moi la vie.
Voi-

Voilà mon cœur, il vole au devant de tes coups.

Z A M O R E.

Alzire, eft-il bien vrai? Gusman eft ton époux!

A L Z I R E.

Je pourrois t'alléguer pour affoiblir mon crime,
De mon pere fur moi le pouvoir légitime,
L'erreur où nous étions, mes regrets, mes com-
    bats,
Les pleurs que j'ai trois ans donnés à ton trépas:
Que des Chrétiens vainqueurs Efclave infortunée,
La douleur de ta perte à leur Dieu m'a donnée:
Que je t'aimai toujours, que mon cœur éperdu,
A détefté tes Dieux qui t'ont mal défendu;
Mais je ne cherche point, je ne veux point d'ex-
    cufe,
Il n'en eft point pour moi, lorfque l'amour m'ac-
    cufe.
Tu vis, il me fuffit. Je t'ai manqué de foi;
Tranche mes jours affreux, qui ne font plus pour
    toi.
Quoi! tu ne me vois point d'un œil impitoyable?

Z A M O R E.

Non, fi je fuis aimé, non, tu n'ès point coupable.
Puis-je encor me flater de régner dans ton cœur?

A L·

ALZIRE.

Quand Monteze, Alvarès, peut-être un Dieu vengeur,

Nos Chrétiens, ma foiblesse, au Temple m'ont
conduite,

Sûre de ton trépas, à cet Hymen réduite,

Enchaînée à Gusman par des nœuds éternels,

J'adorois ta mémoire au pied de nos Autels.

Nos Peuples, nos Tyrans, tous ont su que je t'aime,

Je l'ai dit à la Terre, au Ciel, à Gusman même,

Et dans l'affreux moment, Zamore, où je te vois.

Je te le dis encor pour la derniére fois.

ZAMORE.

Pour la derniére fois Zamore t'auroit vue!

Tu me ferois ravie aussi-tôt que rendue!

Ah! si l'amour encor te parloit aujourd'hui. . . . .

ALZIRE.

O Ciel! c'est Gusman même, & son pere avec lui.

SCE-

S C E' N E   V.

A L V A R E S, G U S M A N, Z A-
M O R E, A L Z I R E, *Suite.*

A L V A R E S *à son Fils.*

TU vois mon bienfaiĉteur, il eft auprès d'Alzire.

A Zamore.

O toi! jeune Héros, toi par qui je refpire,
Viens, ajoute à ma joye en cet augufte jour,
Viens avec mon cher fils partager mon amour.

Z A M O R E.

Qu'entens-je? lui, Gusman! lui, ton fils, ce barbare!

A L Z I R E.

Ciel! détourne les coups que ce moment prépare.

A L V A R E S.

Dans quel étonnement. . . .

Z A M O R E.

Quoi! le Ciel a permis,
Que

Que ce vertueux pere eût cet indigne fils?

GUSMAN à *Zamore.*

Efclave, d'où te vient cette aveugle furie?
Sais-tu bien qui je fuis?

ZAMORE.

Horreur de ma Patrie!
Parmi les malheureux que ton pouvoir a faits,
Connois-tu bien Zamore? & vois-tu tes forfaits?

GUSMAN.

Toi!

ALVARES.

Zamore!

ZAMORE.

Oui, lui-même, à qui ta barbarie
Voulut ôter l'honneur, & crut ôter la vie;
Lui que tu fis languir dans des tourmens honteux;
Lui dont l'afpect ici te fait baiffer les yeux.
Raviffeur de nos biens, Tyran de notre Empire;
Tu viens de m'arracher le feul bien où j'afpire;
Acheve, & de ce fer, *Trefor* de tes Climats,
Prévien mon bras vangeur, & prévien ton trépas.
La main, la même main, qui t'a rendu ton pere;

Dans

Dans ton fang odieux pourroit vanger la Terre (*);
Et j'aurois les Mortels & les Dieux pour amis,
En révérant le pere & puniffant le fils.

A L V A R E S *à Gusman.*

De ce difcours, ô Ciel, que je me fens confondre!
Vous fentez-vous coupable, & pouvez-vous répondre?

G U S M A N.

Répondre à ce Rebelle & daigner m'avilir,
Jufqu'à le réfuter, quand je le dois punir!
Son jufte châtiment, que lui-même il prononce,
Sans mon refpect pour vous, eût été ma réponfe.

A Alzire.

Madame, votre cœur doit vous inftruire affez,
A quel point en fecret ici vous m'offenfez;
Vous, qui, finon pour moi, du moins pour votre
gloire,
Deviez de cet Efclave étouffer la mémoire;

Vous,

(*) *Pere* doit rimer avec Terre, parce qu'on les prononce tous deux de même. C'eft aux oreilles & non pas aux
yeux qu'il faut rimer. Cela eft fi vrai, que le mot *Paon*
n'a jamais rimé avec *Phaon*, quoique l'orthographe foit la
même; & ce mot *encore* rime très-bien avec *abhorre*, quoiqu'il n'y ait qu'un R. à l'un, & qu'il y ait deux RR. à
l'autre. La Poëfie eft faite pour l'oreille : un ufage contraire ne feroit qu'une pédanterie ridicule.

Vous, dont les pleurs encor outragent votre Epoux,
Vous, que j'aimois affez pour en être jaloux.

A L Z I R E.

A Gusman.   *A Alvares.*

Cruel! & vous, Seigneur! mon protecteur fon pere,

  A Zamore.

Toi! Jadis mon efpoir en un tems plus profpere,
Voyez le joug horrible où mon fort eft lié,
Et frémiffez tous trois d'horreur & de pitié.

   En montrant Zamore.

Voici l'Amant, l'Epoux que me choifit mon pere,
Avant que je connuffe un nouvel Hémifphére,
Avant que de l'Europe on nous portât des fers,
Le bruit de fon trépas perdit cet Univers.
Je vis tomber l'Empire où regnoient mes Ancêtres,
Tout changea fur la Terre, & je connus des Maî-
  tres.
Mon pere infortuné, plein d'ennuis & de jours,
Au Dieu que vous fervéz eut à la fin recours:
C'eft ce Dieu des Chrétiens, que devant vous j'at-
  tefte,
Ses Autels font témoins de mon Hymen funefte.
C'eft aux pieds de ce Dieu, qu'un horrible ferment
          Me

Me donne au Meurtrier qui m'ôta mon Amant.

Je connois mal peut-être une loi fi nouvelle;

Mais j'en crois ma vertu, qui parle auffi haut
    qu'elle.

Zamore, tu m'ès cher, je t'aime, je le doi;

Mais après mes fermens je ne puis être à toi.

Toi, Gusman, dont je fuis l'époufe & la victime,

Je ne fuis point à toi, cruel! après ton crime.

Qui des deux ofera fe vanger aujourd'hui?

Qui percera ce cœur que l'on arrache à lui?

Toujours infortunée, & toujours criminelle,

Perfide envers Zamore, à Gusman infidelle,

Qui me délivrera, par un trépas heureux,

De la néceffité de vous trahir tous deux?

Gusman, du fang des miens, ta main déja rougie,

Frémira moins qu'une autre à m'arracher la vie.

De l'Hymen, de l'Amour, il faut vanger les droits.

Punis une coupable, & fois jufte une fois.

G U S M A N.

Ainfi vous abufez d'un refte d'indulgence,

Que ma bonté trahie oppofe à votre offenfe,

Mais vous le demandez, & je vais vous punir;

Votre fupplice eft prêt, mon rival va périr.

Hola, Soldats.

        O   A L.

ALZIRE.

Cruel!

ALVARES.

Mon fils, qu'allez-vous faire ?
Refpectez fes bienfaits, refpectez fa mifere.
Quel eft l'état horrible, ô Ciel, où je me vois !
L'un tient de moi la vie, à l'autre je la dois !
Ah mes fils ! de ce nom reffentez la tendreffe,
D'un Pere infortuné regardez la vieilleffe,
Et du moins...

S C E N E VI.

**ALVARES, GUSMAN, ALZIRE,
DOM ALONZE,** *Officier Efpagnol.*

ALONZE.

Paroiffez, Seigneur, & commandez,
D'armes & d'ennemis ces champs font inondés :
Ils marchent vers ces murs, & le nom de Zamore
Eft le cri menaçant qui les raffemble encore.
Ce nom facré pour eux fe mêle dans les airs,
A ce bruit belliqueux des barbares concerts.

Sous

Sous leurs boucliers d'or les Campagnes mugiſſent,
De leurs cris redoublés les Echos retentiſſent,
En Bataillons ſerrés ils meſurent leurs pas,
Dans un ordre nouveau qu'ils ne connoiſſoient pas ;
Et ce Peuple autrefois, vil fardeau de la Terre,
Semble apprendre de nous le grand art de la guerre.

G U S M A N.

Allons, à leurs regards il faut donc ſe montrer.
Dans la poudre à l'inſtant vous les verrez rentrer.
Héros de la Caſtille, Enfans de la Victoire,
Ce Monde eſt fait pour vous, vous l'êtes pour la
  gloire,
Eux pour porter vos fers, vous craindre, & vous
  ſervir.

Z A M O R E.

Mortel égal à moi, nous faits pour obéïr !

G U S M A N.

Qu'on l'entraîne.

Z A M O R E.

   Oſes-tu ? Tyran de l'innocence,
Oſes-tu me punir d'une juſte défenſe ?

    Aux Eſpagnols qui l'entourent.

Etes-vous donc des Dieux qu'on ne puiſſe attaquer ?

Et teints de notre fang, faut-il vous invoquer?

G U S M A N.

Obéïffez.

A L Z I R E.

Seigneur!

A L V A R E S.

Dans ton courroux févere,
Songe au moins, mon cher fils, qu'il a fauvé ton
Pere.

G U S M A N.

Seigneur, je fonge à vaincre, & je l'appris de vous;
J'y vole, adieu.

S C E N E VII.

A L V A R E S, A L Z I R E.

A L Z I R E *fe jettant à genoux.*

SEigneur, j'embraffe vos genoux,
C'eft à votre vertu que je rends cet hommage,
Le premier où le fort abaiffa mon courage.
Vangez, Seigneur, vangez, fur ce cœur affligé,
L'hon-

L'honneur de votre fils par fa femme outragé;
Mais à mes premiers nœuds mon ame étoit unie,
Hélas! peut-on deux fois fe donner dans fa vie?
Zamore étoit à moi, Zamore eut mon amour:
Zamore eſt vertueux, vous lui devez le jour.
Pardonnez... je fuccombe à ma douleur mortelle.

A L V A R E S.

Je conferve pour toi ma bonté paternelle,
Je plains Zamore & toi, je ferai ton apui;
Mais fonge au nœud facré qui t'attache aujourd'hui.
Ne porte point l'horreur au fein de ma famille:
Non, tu n'ès plus à toi; fois mon fang, fois ma
    fille.
Gusman fut inhumain, je le fai, j'en frémis;
Mais il eſt ton Epoux, il t'aime, il eſt mon fils,
Son ame à la pitié fe peut ouvrir encore.

A L Z I R E.

Hélas, que n'êtes vous le pere de Zamore!

Fin du troiſième Acte.

O 3   A C-

A C T E IV.

S C E N E I.

A L V A R E S, G U S M A N.

A L V A R E S.

Eritez donc, mon fils, un fi grand avan-
tage.
Vous avez triomphé du nombre & du
courage,
Et de tous les Vangeurs de ce trifte Univers
Une moitié n'eft plus, & l'autre eft dans vos fers.
Ah! n'enfanglantez point le prix de la victoire,
Mon fils, que la clémence ajoute à votre gloire;
Je vais fur les vaincus étendant mes fecours,
Confoler leur mifere, & veiller fur leurs jours.
Vous, fongez cependant qu'un pere vous implore;
Soyez homme & Chrétien, pardonnez à Zamore.
Ne pourrai-je adoucir vos infléxibles mœurs?

Et

Et n'apprendrez-vous point à conquérir des cœurs?

GUSMAN.

Ah! vous percez le mien. Demandez-moi ma vie,
Mais laiffez un champ libre à ma jufte furie:
Ménagez le courroux de mon cœur opprimé;
Comment lui pardonner? le barbare eft aimé.

ALVARES.

Il en eft plus à plaindre.

GUSMAN.

      A plaindre? lui, mon pere!
Ah! qu'on me plaigne ainfi; la mort me fera chere.

ALVARES.

Quoi, vous joignez encor à cet ardent courroux,
La fureur des foupçons, ce tourment des jaloux?

GUSMAN.

Et vous condamneriez jufqu'à ma jaloufie?
Quoi ce jufte tranfport dont mon ame eft faifie,
Ce trifte fentiment plein de honte & d'horreur,
Si légitime en moi, trouve en vous un cenfeur!
Vous voyez fans pitié ma douleur effrenée!

       A L-

A L V A R E S.

Mêlez moins d'amertume à votre destinée;
Alzire a des vertus, & loin de les aigrir,
Par des dehors plus doux vous devez l'attendrir,
Son cœur de ces Climats conserve la rudesse,
Il résiste à la force, il céde à la souplesse,
Et la douceur peut tout sur notre volonté.

G U S M A N.

Moi que je flatte encor l'orgueil de sa beauté!
Que sous un front serain déguisant mon outrage,
A de nouveaux mépris ma bonté l'encourage!
Ne devriez-vous pas, de mon honneur jaloux,
Au lieu de le blâmer, partager mon courroux?
J'ai déja trop rougi d'épouser une Esclave,
Qui m'ose dédaigner, qui me hait, qui me brave,
Dont un autre à mes yeux posséde encor le cœur,
Et que j'aime, en un mot, pour comble de mal-
    heur.

A L V A R E S.

Ne vous repentez point d'un amour légitime;
Mais sachez le régler, tout excès mene au crime.
Promettez-moi du moins de ne décider rien,
Avant de m'accorder un second entretien.

                        G U S.

GUSMAN.

Eh que pourroit un fils refuſer à ſon pere?
Je veux bien pour un tems ſuſpendre ma colere,
N'en exigez pas plus de mon cœur outragé.

ALVARES.

Je ne veux que du tems.   *Il ſort.*

GUSMAN *ſeul.*

                          Quoi n'être point vengé!
Aimer, me repentir, être réduit encore
A l'horreur d'envier le deſtin de Zamore,
D'un de ces vils mortels en Europe ignorés,
Qu'à peine du nom d'homme on auroit honorés...
Que vois-je! Alzire! ô Ciel....

***

SCÉNE II.

GUSMAN, ALZIRE, EMIRE.

ALZIRE.

C'Eſt moi, c'eſt ton Epouſe,
C'eſt ce fatal objet de ta fureur jalouſe,
Qui n'a pu te chérir, qui t'a du révérer,

O 5   Qui

Qui te plaint, qui t'outrage, & qui vient t'implo-
rer.

Je n'ai rien déguifé. Soit grandeur, foit foibleffe,
Ma bouche a fait l'aveu qu'un autre a ma tendreffe:
Et ma fincérité, trop funefte vertu,
Si mon Amant périt, eft ce qui l'a perdu.

Je vais plus t'étonner, ton époufe a l'audace,
De s'adreffer à toi pour demander fa grace.

J'ai cru que Dom Gusman, tout fier, tout rigoureux,
Tout terrible qu'il eft, doit être généreux.

J'ai penfé qu'un Guerrier, jaloux de fa puiffance,
Peut mettre l'orgueil même à pardonner l'offenfe:
Une telle vertu féduiroit plus nos cœurs,
Que tout l'or de ces lieux n'éblouït nos vainqueurs.

Par ce grand changement dans ton ame inhumaine,
Par un effort fi beau, tu vas changer la mienne,
Tu t'affûres ma foi, mon refpect, mon retour,
Tous mes vœux (s'il en eft qui tiennent lieu d'a-
mour.)

Pardonne... je m'égare... éprouve mon courage.

Peut-être une Efpagnole, eût promis davantage.

Elle eût pu prodiguer les charmes de fes pleurs;
Je n'ai point leurs attraits, & je n'ai point leurs
mœurs.

Ce cœur fimple & formé des mains de la Nature,

En

En voulant t'adoucir redouble ton injure ;
Mais enfin c'eft à toi d'effayer deformais,
Sur ce cœur indompté la force des bienfaits.

G U S M A N.

Eh bien ! fi les vertus peuvent tant fur votre ame,
Pour en fuivre les loix , connoiffez-les , Madame.
Etudiez nos mœurs , avant de les blâmer.
Ces mœurs font vos devoirs , il faut s'y conformer.
Sachez que le premier , eft d'étouffer l'idée,
Dont votre ame à mes yeux eft encor poffédée.
De vous refpecter plus , & de n'ofer jamais
Me prononcer le nom d'un rival que je hais,
D'en rougir la premiere , & d'attendre en filence,
Ce que doit d'un Barbare ordonner ma vengeance.
Sachez que votre Epoux qu'ont outragé vos feux ,
S'il peut vous pardonner , eft affez généreux.
Plus que vous ne penfez, je porte un cœur fenfible,
Et ce n'eft pas à vous à me croire infléxible.

S C E.

※※※※※※※※※※※※※※※※※※※

SCENE III.

ALZIRE, EMIRE.

EMIRE.

VOus voyez qu'il vous aime, on pourroit l'attendrir.

ALZIRE.

S'il m'aime, il est jaloux : Zamore va périr :
J'assassinois Zamore en demandant sa vie.
Ah, Je l'avois prévu. M'auras-tu mieux servie ?
Pourras-tu le sauver ? Vivra-t-il loin de moi ?
Du Soldat qui le garde as-tu tenté la foi ?

EMIRE.

L'or qui les séduit tous, vient d'éblouïr sa vûe.
Sa foi, n'en doutez point, sa main vous est vendue.

ALZIRE.

Ainsi graces aux Cieux, ces métaux détestés,
Ne servent pas toujours à nos calamités.
Ah! ne perds point de tems : tu balances encore !

EMI.

EMIRE.

Mais auroit-on juré la perte de Zamore?
Alvarès auroit-il affez peu de crédit,
Et le Conseil enfin....

ALZIRE.

Je crains tout, il suffit.
Tu vois de ces Tyrans la fureur defpotique,
Ils penfent que pour eux le Ciel fit l'Amérique,
Qu'ils en font nés les Rois ; & Zamore à leurs yeux,
Tout Souverain qu'il fut n'eft qu'un féditieux.
Confeil de Meurtriers! Gusman! Peuple barbare!
Je préviendrai les coups que votre main prépare.
Ce Soldat ne vient point, qu'il tarde à m'obéïr!

EMIRE.

Madame, avec Zamore il va bien-tôt venir;
Il court à la prifon. Déja la nuit plus fombre
Couvre ce grand deflein du fecret de fon ombre.
Fatigués de carnage & de fang enivrés,
Les Tyrans de la Terre au fommeil font livrés.

ALZIRE.

Allons, que ce Soldat nous conduife à la porte,
Qu'on ouvre la prifon, que l'innocence en forte.

EMI-

E M I R E.

Il vous prévient déja ; Céphane le conduit.

Mais fi l'on vous rencontre en cette obfcure nuit,

Votre gloire eft perdue , & cette honte extrême…

A L Z I R E.

Va, la honte feroit de trahir ce que j'aime.

Cet honneur étranger parmi nous inconnu ,

N'eft qu'un Fantôme vain qu'on prend pour la
Vertu.

C'eft l'amour de la gloire & non de la juftice,

La crainte du reproche & non celle du Vice.

Je fus inftruite, Emire, en ce groffier Climat,

A fuivre la Vertu fans en chercher l'éclat.

L'honneur eft dans mon cœur, & c'eft lui qui m'ordonne,

De fauver un Héros que le Ciel abandonne.

S C E' N E IV.

A L Z I R E, Z A M O R E, E M I R E.

A L Z I R E.

Tout eft perdu pour toi , tes Tyrans font vainqueurs,

Ton

Ton supplice est tout prêt, si tu ne fuis, tu meurs.

Pars, ne perds point de tems, prens ce Soldat
    pour guide.

Trompons des Meurtriers l'espérance homicide,

Tu vois mon desespoir, & mon saisissement:

C'est à toi d'épargner la mort à mon Amant,

Un crime à mon Epoux, & des larmes au Monde:

L'Amérique t'appelle, & la nuit te seconde;

Prens pitié de ton sort, & laisse-moi le mien.

Z A M O R E.

Esclave d'un Barbare, Epouse d'un Chrétien,

Toi qui m'as tant aimé, tu m'ordonnes de vivre!

Eh bien j'obéïrai: mais oses-tu me suivre?

Sans Trône, sans secours, au comble du malheur,

Je n'ai plus à t'offrir qu'un Desert & mon cœur.

Autrefois à tes pieds, j'ai mis un Diadême.

A L Z I R E.

Ah! Qu'étoit-il sans toi? Qu'ai-je aimé que toi-
    même?

Et qu'est-ce auprès de toi que ce vil Univers?

Mon ame va te suivre au fond de tes Deserts.

Je vais seule en ces lieux, où l'horreur me consu-
    me,

Languir dans les regrets, secher dans l'amertume:
                                        Mou-

Mourir dans les remords d'avoir trahi ma foi:
D'être au pouvoir d'un autre, & de brûler pour toi.
Pars, emporte avec toi, mon bonheur & ma vie,
Laiſſe-moi les horreurs du devoir qui me lie.
J'ai mon Amant enſemble, & ma gloire à ſauver;
Tous deux me ſont ſacrés, je les veux conſerver.

Z A M O R E.

Ta gloire! Quelle eſt donc cette gloire inconnue?
Quel Fantôme d'Europe a faſciné ta vûe?
Quoi! ces affreux ſermens qu'on vient de te dicter,
Quoi! Ce Temple Chrétien que tu dois déteſter,
Ce Dieu, ce Deſtructeur des Dieux de mes Ancê-
   tres,
T'arrachent à Zamore, & te donnent des Maîtres!

A L Z I R E.

J'ai promis, il ſuffit, que t'importe à quel Dieu?

Z A M O R E.

Ta promeſſe eſt ton crime, elle eſt ma perte, adieu.
Périſſent tes ſermens, & le Dieu que j'abhorre!

A L Z I R E.

Arrête. Quels adieux! Arrête, cher Zamore!

Z A-

ZAMORE.

Gusman eſt ton époux!

ALZIRE.

Plains moi ſans m'outrager.

ZAMORE.

Songe à nos premiers nœuds.

ALZIRE.

Je ſonge à ton danger.

ZAMORE.

Non, tu trahis, cruelle, un feu ſi légitime.

ALZIRE.

Non, je t'aime à jamais, & c'eſt un nouveau crime.
Laiſſe-moi mourir ſeule, ôte-toi de ces lieux.
Quel deſeſpoir horrible étincelle en tes yeux?
Zamore....

ZAMORE.

C'en eſt fait.

ALZIRE.

Où vas-tu?

ZAMORE.

Mon courage,

P   De

De cette liberté , va faire un digne ufage.

A L Z I R E.

Tu n'en faurois douter, je péris fi tu meurs.

Z A M O R E.

Peux-tu mêler l'amour à ces momens d'horreurs?

Laiffe . moi, l'heure fuit, le jour vient, le tems
  preffe.

Soldat, guide mes pas.

S C E N E V.

A L Z I R E, E M I R E.

A L Z I R E.

JE fuccombe, il me laiffe :
Il part, que va-t-il faire? O moment plein d'effroi !
Gusman ! Quoi c'eft donc lui que j'ai quitté pour
  toi !
Emire, fuis fes pas, vole, & reviens m'inftruire,
S'il eft en fûreté, s'il faut que je refpire.
Va voir fi ce Soldat nous fert, ou nous trahit.

Emire fort.

Un noir preffentiment m'afflige & me faifit,

Ce

Ce jour, ce jour pour moi ne peut être qu'horrible.

O toi ! Dieu des Chrétiens, Dieu vainqueur & terrible,

Je connois peu tes Loix. Ta main du haut des Cieux

Perce à peine un nuage épaiſſi ſur mes yeux;

Mais ſi je ſuis à toi, ſi mon amour t'offenſe,

Sur ce cœur malheureux épuiſe ta vengeance.

Grand Dieu, conduis Zamore, au milieu des De-
ſerts,

Ne ferois-tu le Dieu que d'un autre Univers?

Les ſeuls Européans ſont-ils nés pour te plaire?

Es-tu Tyran d'un Monde, & de l'autre le Pere?

Les vainqueurs, les vaincus, tous ces foibles humains,

Sont tous également l'ouvrage de tes mains.

Mais de quels cris affreux mon oreille eſt frapée!

J'entends nommer Zamore. O Ciel! on m'a trompée.

Le bruit redouble, on vient, ah! Zamore eſt
perdu.

※G※ ※G※ ※G※ ※G※ ：※G※ ※G※：※G※ ※G※

SCENE VI.

ALZIRE, EMIRE.

ALZIRE.

CHere Emire, eft-ce toi? qu'a-t-on fait, qu'as-
tu vu?
Tire-moi par pitié de mon doute terrible.

EMIRE.

Ah! n'efpérez plus rien, fa perte eft infaillible,
Des armes du Soldat qui conduifoit fes pas
Il a couvert fon front, il a chargé fon bras.
Il s'éloigne: à l'inftant, le Soldat prend la fuite,
Votre Amant au Palais, court, & fe précipite.
Je le fuis en tremblant parmi nos ennemis,
Parmi ces Meurtriers dans le fang endormis,
Dans l'horreur de la nuit, des morts, & du filence,
Au Palais de Gusman, je le vois qui s'avance:
Je l'appellois en vain de la voix & des yeux,
Il m'échappe, & foudain j'entends des cris affreux,
J'entends dire, qu'il meure: on court, on vole aux
armes.
Retirez-vous, Madame, & fuyez tant d'allarmes:
Ren-

Rentrez.

A L Z I R E.

Ah! chere Emire, allons le fecourir.

E M I R E.

Que pouvez-vous Madame, ô Ciel !

A L Z I R E.

Je peux mourir.

S C E' N E VII.

ALZIRE, EMIRE, DON ALON-ZE, GARDES.

D O N A L O N Z E.

A Mes ordres fecrets, Madame, il faut vous ren-dre.

A L Z I R E.

Que me dis-tu Barbare? & que viens-tu m'appren-dre?

Qu'eft devenu Zamore?

D O N A L O N Z E.

En ce moment affreux

Je

Je ne puis qu'annoncer un ordre rigoureux,
Daignez me fuivre.

A L Z I R E.

O fort! ô vengeance trop forte!
Cruels, quoi, ce n'eft point la mort que l'on m'apporte?
Quoi Zamore n'eft plus! & je n'ai que des fers!
Tu gémis, & tes yeux de larmes font couverts!
Mes maux ont-ils touché les cœurs nés pour la haine?
Viens, fi la mort m'attend, viens, j'obéïs fans peine.

Fin du quatrième Acte.

A C T E

A C T E   V.

S C E' N E   I.

ALZIRE, GARDES.

ALZIRE.

P Réparez - vous pour moi vos fupplices
    cruels,
Tyrans, qui vous nommés les Juges des
    mortels?
Laiffez-vous dans l'horreur de cette inquiétude
De mes deftins affreux floter l'incertitude?
On m'arrête, on me garde, on ne s'informe pas
Si l'on a réfolu ma vie, ou mon trépas.
Ma voix nomme Zamore, & mes Gardes pâliffent.
Tout s'émeut à ce nom, ces Monftres en frémiffent.

S C E'·

SCENE II.

MONTEZE, ALZIRE.

ALZIRE.

AH mon Pere!

MONTEZE.

Ma Fille, où nous as tu réduits!
Voilà de ton amour les exécrables fruits.
Helas! nous demandions la grace de Zamore;
Alvarès avec moi daignoit parler encore;
Un Soldat à l'inftant fe préfente à nos yeux,
C'étoit Zamore même, égaré, furieux.
Par ce déguifement la vûe étoit trompée,
A peine entre fes mains j'apperçois une épée;
Entrer, voler vers nous, s'élancer fur Gusman,
L'attaquer, le frapper, n'eft pour lui qu'un mo-
ment.
Le fang de ton Epoux rejaillit fur ton Pere:
Zamore au même inftant dépouillant fa colere
Tombe aux pieds d'Alvarès, & tranquille, & fou-
mis,
Lui préfentant ce fer, teint du fang de fon fils.
J'ai fait ce que j'ai du, j'ai vangé mon injure:

Fais

Fais ton devoir, dit-il, & vange la Nature.

Alors il fe profterne attendant le trépas.

Le Pere tout fanglant fe jette entre mes bras;

Tout fe réveille, on court, on s'avance, on s'é-
    crie,

On vole à ton Epoux, on rappelle fa vie,

On arrête fon fang, on preffe les fecours

De cet art inventé pour conferver nos jours.

Tout le Peuple à grands cris demande ton fupplice,

Du meurtre de fon Maître il te croit la complice...

A L Z I R E.

Vous pourriez!

M O N T E Z E.

    Non, mon cœur ne t'en foupçonne pas.

Non, le tien n'eft pas fait pour de tels attentats,

Capable d'une erreur, il ne l'eft point d'un crime,

Tes yeux s'étoient fermés fur le bord de l'abîme.

Je le fouhaite ainfi, je le croi, cependant

Ton Epoux va mourir des coups de ton Amant.

On va te condamner, tu vas perdre la vie

Dans l'horreur du fupplice, & dans l'ignominie;

Et je retourne enfin par un dernier effort,

Demander au Confeil & ta grace & ma mort.

A L Z I R E.

Ma grace ! à mes Tyrans ! les prier ! vous, mon
Pere !

Ofez vivre, & m'aimer ; c'eſt ma feule priere.
Je plains Gusman, ſon ſort a trop de cruauté,
Et je le plains ſur-tout de l'avoir mérité.
Pour Zamore il n'a fait que vanger ſon outrage.
Je ne peux excuſer ni blâmer ſon courage.
J'ai voulu le ſauver, je ne m'en défens pas,
Il mourra... Gardez-vous d'empêcher mon trépas.

M O N T E Z E.

O Ciel ! inſpire moi, j'implore ta clémence.

Il ſort.

※※※※※※※※※※：※：※：※：※※※※※※

S C E N E III.

A L Z I R E *ſeule.*

O Ciel ! anéantis ma fatale exiſtence.
Quoi ce Dieu que je ſers me laiſſe ſans ſecours !
Il défend à mes mains d'attenter ſur mes jours.
Ah j'ai quitté des Dieux dont la bonté facile
Me permettoit la mort, la mort mon ſeul afyle.

Eh

Eh quel crime eft-ce donc devant ce Dieu jaloux
De hâter un moment qu'il nous prépare à tous ?
Quoi du calice amer d'un malheur fi durable
Faut-il boire à longs traits la lie infupportable !
Ce corps vil & mortel eft-il donc fi facré ,
Que l'efprit qui le meut ne le quitte à fon gré ;
Ce Peuple de Vainqueurs armé de fon tonnerre,
A-t-il le droit affreux de dépeupler la Terre ?
D'exterminer les miens ? de déchirer mon flanc ?
Et moi je ne pourrai difpofer de mon fang !
Je ne pourrai fur moi permettre à mon courage
Ce que fur l'Univers, il permet à fa rage !
Zamore va mourir dans des tourmens affreux,
Barbares !

SCÈNE IV.

ZAMORE enchaîné, ALZIRE,
GARDES.

ZAMORE.

C'Eft ici qu'il faut périr tous deux.
Sous l'horrible appareil de fa fauffe juftice,

Un

Un Tribunal de fang te condamne au fupplice,
Gusman refpire encor; mon bras defefpéré
N'a porté dans fon fein qu'un coup mal affûré.
Il vit pour achever le malheur de Zamore,
Il mourra tout couvert de ce fang que j'adore;
Nous périrons enfemble à fes yeux expirans,
Il va goûter encor le plaifir des Tyrans.
Alvarès doit ici prononcer de fa bouche
L'abominable Arrêt de ce Confeil farouche.
C'eft moi qui t'ai perdue, & tu péris pour moi.

A L Z I R E.

Va, je ne me plains plus, je mourrai près de toi.
Tu m'aimes, c'eft affez, benis ma deftinée,
Benis le coup affreux qui rompt mon hymenée;
Songe que ce moment, où je vais chez les morts,
Eft le feul où mon cœur peut t'aimer fans remords.
Libre par mon fupplice, à moi-même rendue,
Je difpofe à la fin d'une foi qui t'eft due.
L'appareil de la mort élevé pour nous deux,
Eft l'Autel où mon cœur te rend fes premiers feux:
C'eft-là que j'expierai le crime involontaire
De l'infidélité que j'avois pu te faire.
　Ma plus grande amertume en ce funefte fort,

C'eft

C'eſt d'entendre Alvarès prononcer notre mort.

Z A M O R E.

Ah! le voici, les pleurs inondent ſon viſage.

A L Z I R E.

Qui de nous trois, ô Ciel, a reçu plus d'outrage?
Et que d'infortunés le ſort aſſemble ici!

S C È N E V.

ALZIRE, ZAMORE, ALVARES, GARDES.

Z A M O R E.

J'Attends la mort de toi, le Ciel le veut ainſi,
Tu dois me prononcer l'Arrêt qu'on vient de
  rendre,
Parle ſans te troubler comme je vais t'entendre;
Et fais livrer ſans crainte aux ſupplices tout prêts
L'Aſſaſſin de ton fils, & l'Ami d'Alvarès.
Mais que t'a fait Alzire? & quelle barbarie
Te force à lui ravir une innocente vie?
Lès Eſpagnols enfin t'ont donné leur fureur,
Une injuſte vengeance entre-t-elle en ton cœur?

Con-

Connu feul parmi nous par ta clémence augufté,
Tu veux donc renoncer à ce grand nom de Jufte!
Dans le fang innocent ta main va fe baigner!

A L Z I R E.

Vange-toi, vange un Fils, mais fans me foupçonner;
Epoufe de Gusman, ce nom feul doit t'apprendre,
Que loin de le trahir je l'aurois fu défendre.
J'ai refpecté ton fils, & ce cœur gémiffant,
Lui conferva fa foi même en le haïffant.
Que je fois de ton Peuple applaudie ou blâmée,
Ta feule opinion fera ma renommée;
Eftimée en mourant d'un cœur tel que le tien,
Je dédaigne le refte & ne demande rien.
Zamore va mourir, il faut bien que je meure,
C'eft tout ce que j'attends, & c'eft toi que je pleure.

A L V A R E S.

Quel mêlange, grand Dieu, de tendreffe & d'horreur!
L'Affaffin de mon fils eft mon Libérateur.
Zamore!.... oui, je te dois des jours que je détefte,
Tu m'as vendu bien cher un prefent fi funefte...
Je fuis Pere, mais homme; & malgré ta fureur,

Mal-

Malgré la voix du fang qui parle à ma douleur,

Qui demande vengeance à mon ame éperdue,

La voix de tes bienfaits eft encor entendue.

Et toi qui fus ma Fille, & que dans nos malheurs,

J'appelle encor d'un nom qui fait couler nos pleurs,

Va, ton pere eft bien loin de joindre à fes fouffrances

Cet horrible plaifir que donnent les vengeances.

Il faut perdre à la fois par des coups inouïs,

Et mon Libérateur, & ma Fille & mon Fils.

Le Confeil vous condamne, il a dans fa colere

Du fer de la vengeance armé la main d'un pere.

Je n'ai point refufé ce miniftère affreux...

Et je viens le remplir pour vous fauver tous deux.

Zamore, tu peux tout.

ZAMORE.

Je peux fauver Alzire?

Ah! parle, que faut-il?

ALVARES.

Croire un Dieu qui m'infpire,

Tu peux changer d'un mot & fon fort & le tien;

Ici la Loi pardonne à qui fe rend Chrétien.

Cette Loi que naguère un faint zèle a dictée

Du

Du Ciel en ta faveur y semble être apportée;
Le Dieu qui nous apprit lui-même à pardonner,
De son ombre à nos yeux saura t'environner:
Tu vas des Espagnols arrêter la colere,
Ton sang sacré pour eux est le sang de leur frere:
Les traits de la vengeance en leurs mains suspendus
Sur Alzire & sur toi ne se tourneront plus;
Je réponds de sa vie ainsi que de la tienne,
Zamore, c'est de toi, qu'il faut que je l'obtienne.
Ne sois point infléxible à cette foible voix,
Je te devrai la vie une seconde fois.
Cruel, pour me payer du sang dont tu me prives,
Un Pere infortuné demande que tu vives.
Rends-toi Chrétien comme elle, accorde-moi ce prix
De ses jours, & des tiens, & du sang de mon fils.

Z A M O R E à *Alzire*.

Alzire, jusque-là chéririons-nous la vie?
La racheterions-nous par mon ignominie?
Quitterai-je mes Dieux pour le Dieu de Gusman?
Et toi plus que ton fils feras-tu mon Tyran?
Tu veux qu'Alzire meure, ou que je vive en traître.
Ah! lorsque de tes jours je me suis vu le maître,
Si j'avois mis ta vie à cet indigne prix,

Par-

Parle, aurois-tu quitté les Dieux de ton pays?

ALVARES.

J'aurois fait ce qu'ici tu me vois faire encore,
J'aurois prié ce Dieu, feul Etre que j'adore,
De n'abandonner pas un cœur tel que le tien,
Tout aveuglé qu'il eſt, digne d'être Chrétien.

ZAMORE.

Dieux! quel genre inouï de trouble & de fupplice!
Entre quels attentats faut-il que je choififfe!

A Alzire.

Il s'agit de tes jours, il s'agit de mes Dieux.
Toi, qui m'ofes aimer, ofes juger entre eux,
Je m'en remets à toi, mon cœur fe flatte encore
Que tu ne voudras point la honte de Zamore.

ALZIRE.

Ecoute. Tu fais trop qu'un Pere infortuné
Difpofa de ce cœur que je t'avois donné,
Je reconnus fon Dieu: tu peux de ma jeuneffe
Accufer fi tu veux l'erreur ou la foibleffe;
Mais des Loix des Chrétiens mon efprit enchanté
Vit chez eux, ou du moins, crut voir la Vérité;
Et ma bouche abjurant les Dieux de ma patrie

Q   Par-

Par mon ame en fecret ne fut point démentie;

Mais renoncer aux Dieux que l'on croit dans fon
  cœur,

C'eft le crime d'un lâche, & non pas une erreur;

C'eft trahir à la fois, fous un mafque hypocrite,

Et le Dieu qu'on préfére, & le Dieu que l'on
  quitte;

C'eft mentir au Ciel même, à l'Univers, à foi.

Mourons, mais en mourant fois digne encor de
  moi;

Et fi Dieu ne te donne une clarté nouvelle,

Ta probité te parle, il faut n'écouter qu'elle.

Z A M O R E.

J'ai prévu ta réponfe, il vaut mieux expirer
Et mourir avec toi que fe deshonorer.

A L V A R E S.

Cruels, ainfi tous deux vous voulez votre perte!
Vous bravez ma bonté, qui vous étoit offerte;
Ecoutez, le tems preffe & ces lugubres cris....

S C E·

SCE'NE VI.

ALVARES, ZAMORE, ALZIRE,
ALONZE, AME'RICAINS,
ESPAGNOLS.

ALONZE.

ON amene à vos yeux votre malheureux Fils.
Seigneur, entre vos bras il veut quitter la vie.
Du Peuple qui l'aimoit, une troupe en furie,
S'empreſſant près de lui, vient ſe raſſaſier.
Du ſang de ſon Epouſe, & de ſon Meurtrier.

SCE'NE VII.

ALVARES, GUSMAN, ZAMORE,
ALZIRE, MONTEZE, AME'-
RICAINS, SOLDATS.

ZAMORE.

CRuels, ſauvez Alzire, & preſſez mon ſupplice!

A L-

ALZIRE.

Non, qu'une affreuse mort tous trois nous réunisse.

ALVARES.

Mon Fils mourant, mon Fils, ô comble de douleur !

ZAMORE *à Gusman.*

Tu veux donc jusqu'au bout consommer ta fureur?

Viens, vois couler mon sang, puisque tu vis encore,

Viens apprendre à mourir en regardant Zamore.

GUSMAN *à Zamore.*

Il est d'autres vertus que je veux t'enseigner :

Je dois un autre exemple & je viens le donner.

A Alvarès.

Le Ciel qui veut ma mort & qui l'a suspendue,

Mon Pere, en ce moment m'amene à votre vûe.

Mon ame fugitive, & prête à me quitter,

S'arrête devant vous ... mais pour vous imiter.

Je meurs, le voile tombe, un nouveau jour m'é-
claire ;

Je ne me suis connu qu'au bout de ma carriére.

J'ai fait jusqu'au moment qui me plonge au cercueil,

Gé-

Gémir l'Humanité du poids de mon orgueil.

Le Ciel vange la Terre, il eſt juſte ; & ma vie

Ne peut payer le ſang, dont ma main s'eſt rougie.

Le bonheur m'aveugla, la mort m'a détrompé :

Je pardonne à la main par qui Dieu m'a frappé.

J'étois Maître en ces lieux ; ſeul j'y commande encore.

Seul je puis faire grace, & la fais à Zamore.

Vis, ſuperbe ennemi, ſois libre, & te ſouvien,

Quel fut & le devoir, & la mort d'un Chrétien.

A Monteze qui ſe jette à ſes pieds.

Monteze, Américains, qui futes mes victimes,

Songez que ma clémence a ſurpaſſé mes crimes.

Inſtruiſez l'Amérique, apprenez à ſes Rois

Que les Chrétiens ſont nés pour leur donner des
Loix.

A Zamore.

Des Dieux que nous ſervons, connois la différence :

Les tiens t'ont commandé le meurtre & la vengeance,

Et le mien, quand ton bras vient de m'aſſaſſiner,

M'ordonne de te plaindre, & de te pardonner.

Q 3   A L.

ALVARES.

Ah mon Fils! tes vertus égalent ton courage.

ALZIRE.

Quel changement, grand Dieu, quel étonnant langage!

ZAMORE.

Quoi, tu veux me forcer moi·même au repentir!

GUSMAN.

Je veux plus, je te veux forcer à me chérir.
Alzire n'a vêcu que trop infortunée,
Et par mes cruautés, & par mon Hymenée.
Que ma mourante main la remette en tes bras.
Vivez fans me haïr, gouvernez vos Etats:
Et de vos murs détruits rétabliffant la gloire,
De mon nom, s'il fe peut, beniffez la mémoire.

A Alvarès.

Daignez fervir de Pere à ces Epoux heureux:
Que du Ciel par vos foins le jour luife fur eux!
Aux clartés des Chrétiens fi fon ame eft ouverte,
Zamore eft votre Fils, & répare ma perte.

Z A.

ZAMORE.

Je demeure immobile, égaré, confondu,
Quoi donc les vrais Chrétiens auroient tant de ver-
tu!
Ah! la Loi qui t'oblige à cet effort suprême,
Je commence à le croire, est la Loi d'un Dieu mê-
me.
J'ai connu l'amitié, la constance, la foi:
Mais tant de grandeur d'ame est au-dessus de moi,
Tant de vertu m'accable & son charme m'attire,
Honteux d'être vangé, je t'aime & je t'admire.

Il se jette à ses pieds.

ALZIRE.

Seigneur, en rougissant je tombe à vos genoux,
Alzire en ce moment voudroit mourir pour vous,
Entre Zamore & vous mon ame déchirée,
Succombe au repentir dont elle est devorée.
Je me sens trop coupable, & mes tristes erreurs....

GUSMAN.

Tout vous est pardonné, puisque je vois vos pleurs.
Pour la derniere fois approchez-vous, mon Pere,
Vivez long tems heureux, qu'Alzire vous soit che-
re;

Q 4   Za-

Zamore, sois Chrétien, je suis content, je meurs!

ALVARES à *Monteze.*

Je vois le doigt de Dieu marqué dans nos malheurs.
Mon cœur desespéré se soumet, s'abandonne
Aux volontés d'un Dieu , qui frappe , & qui par-
donne.

Fin du dernier Acte.

L A

LA
MORT
DE
CÉSAR,
TRAGÉDIE.

PRÉFACE
DES
EDITEURS.

N Ous donnons cette Edition de la Tragédie de la Mort de Céfar de Monfieur de Voltaire : nous pouvons dire qu'il eſt le premier qui ait fait connoître les Muſes Angloiſes en France. Il traduiſit en vers, il y a quelques années, pluſieurs
morceaux des meilleurs Poëtes d'Angleterre,
pour l'inſtruction de ſes Amis, & par-là il en-
gagea beaucoup de perſonnes à apprendre l'Anglois ; en ſorte qu'aujourd'hui cette Langue eſt
devenue familiére aux Gens de Lettres. C'eſt
rendre ſervice à l'Eſprit humain de l'orner ainſi
des richeſſes des Païs étrangers.

    Parmi les morceaux les plus ſinguliers des
Poëtes Anglois que notre Ami nous traduiſit,
il nous donna la Scène d'Antoine & du Peuple
Romain priſe de la Tragédie de Jules-Céfar,
écrite il y a cent cinquante ans par le fameux
Shakeſpear, & jouée encore aujourd'hui avec
un très-grand concours, ſur le Théâtre de Londres. Nous le priames de nous donner le reſte
de

de la Pièce; mais il étoit impoſſible de la traduire.

Shakeſpear étoit un grand Génie, mais qui vivoit dans un Siècle groſſier, & l'on retrouve dans ſes Pièces la groſſiéreté de ce tems beaucoup plus que le génie de l'Auteur. Mr. de Voltaire au lieu de traduire l'Ouvrage monſtrueux de Shakeſpear, compoſa dans le goût Anglois ce Jules-Céſar que nous donnons au Public. Ce n'eſt pas ici une Pièce telle que le *Sir Politick* de Mr. de St. Evremond, qui n'ayant aucune connoiſſance du Théâtre Anglois, & n'en ſachant pas même la Langue, donna ſon *Sir Politick*, pour faire connoître la Comédie de Londres aux François. On peut dire que cette Comédie du *Sir Politick* n'étoit ni dans le goût des Anglois, ni dans celui d'aucune autre Nation.

Il eſt aiſé d'appercevoir dans la Tragédie de la Mort de Céſar le génie & le caractère des Ecrivains Anglois, auſſi-bien que celui du Peuple Romain. On y voit cet amour dominant de la Liberté, & ces hardieſſes que les Auteurs François ont rarement.

Il y a encore en Angleterre une autre Tragédie de la Mort de Céſar compoſée par le Duc de Buckingham. Il y en a une en Italien de Mr. l'Abbé Conti Noble Vénitien. Ces Pièces ne ſe reſſemblent qu'en un ſeul point, c'eſt qu'on n'y trouve point d'amour. Aucun de ces Auteurs n'a avili ce grand Sujet par une intrigue de galanterie; mais il y a environ trente-cinq ans que l'un des plus beaux Génies

de

de France s'étant affocié avec Mademoifelle Barbier, pour compofer un Jules-Céfar, il ne manqua pas de repréfenter Céfar & Brutus amoureux & jaloux. Cette petiteffe ridicule eft un des plus grands exemples de la force de l'habitude, perfonne n'ofe guérir le Théâtre François de cette contagion. Il a falu que dans Racine, Mithridate, Aléxandre, Porus, ayent été galans. Corneille n'a jamais évité cette foibleffe. Il n'a fait aucune Pièce fans amour, & il faut avouer que dans fes Tragédies (fi vous exceptez le Cid & Polyeucte) cette paffion eft auffi mal peinte, qu'elle y eft étrangére. Notre Auteur a donné peut-être ici dans un autre excès. Bien des gens trouvent dans fa Pièce trop de férocité ; ils voient avec horreur que Brutus facrifie à l'amour de fa patrie non-feulement fon bienfaicteur, mais fon pere. On n'a à répondre autre chofe, finon que tel étoit le caractère de Brutus, & qu'il faut peindre les hommes tels qu'ils étoient. On a encore une Lettre de ce fier Romain, dans laquelle il dit qu'il tueroit fon Pere pour le falut de la République. On fait que Céfar étoit fon pere : il n'en faut pas davantage pour juftifier cette hardieffe.

On imprime au devant de cette Edition, la Lettre du Marquis Algaroti, jeune homme déja connu pour un bon Poëte, & pour un bon Philofophe, & Ami de Mr. de Voltaire.

L E T-

LETTRE

DE M^R. ALGAROTI,

A M^r. l'Abbé FRANQUINI,

ENVOYÉ de FLORENCE,

Sur la Tragédie de Jules-César, par Mr. de Voltaire.

J'AI différé jusqu'à présent, Monsieur, de vous envoyer le Jules-César que vous me demandez, pour vous faire part de celui de Mr. de Voltaire.

L'Edition qu'on en a faite à Paris, il y a quelques mois, est très-informe. On y reconnoît assez la main de quelqu'un du genre de ceux que Pétrone appelle *Doctores Umbratici*. Elle est défectueuse au point qu'on y trouve des vers qui n'ont pas le nombre de syllabes nécessaire. Cependant la Critique a jugé cette Pièce avec la même sévérité, que si Mr. de Voltaire l'eût donnée lui-même au Public. Ne seroit-il pas injuste d'imputer au Titien le mauvais coloris d'un de ses Tableaux barbouillés par un Peintre moderne ? J'ai été assez heureux pour qu'il m'en soit tombé entre les mains un Manuscrit digne de vous être envoyé, & voilà enfin le Tableau tel qu'il est sorti des mains

du

du Maître. J'ose même l'accompagner des Réflexions que vous m'avez demandées.

Il faudroit ignorer qu'il y a une Langue Françoise & un Théâtre, pour ne pas savoir à quel degré de perfection Corneille & Racine ont porté le Dramatique. Il sembloit qu'après ces grands Hommes, il ne restoit plus rien à souhaiter, & que tâcher de les imiter, étoit tout ce qu'on pouvoit faire de mieux. Desira-t-on quelque chose dans la Peinture après la Galathée de Raphaël ? Cependant la célébre Tête de Michel Ange dans le Petit Farnèse donna l'idée d'un genre plus terrible & plus fier auquel cet Art pouvoit être élevé. Il semble que dans les Beaux-Arts on ne s'apperçoit qu'il y avoit des vuides qu'après qu'ils sont remplis. La plûpart des Tragédies de ces Maîtres, soit que l'Action se passe à Rome, à Athènes, ou à Constantinople, ne contiennent qu'un Mariage concerté, traversé, ou rompu. On ne peut s'attendre à rien de mieux dans ce genre, où l'Amour donne avec un souris ou la paix ou la guerre. Il me paroît qu'on pourroit donner au Dramatique un ton supérieur à celui-ci. Le Jules-César m'en est une preuve; l'Auteur de la tendre Zaïre ne respirant ici que des sentimens d'ambition, de vengeance & de liberté.

La Tragédie doit être l'imitation des grands Hommes. C'est ce qui la distingue de la Comédie; mais si les actions qu'elle represente, sont aussi des plus grandes, cette distinction n'en sera que plus marquée, & l'on peut attein-

teindre par ce moyen à un genre supérieur.
N'admire-t-on pas davantage Marc-Antoine à
Philippes qu'à Actium. Je ne doute pourtant
pas que ces raisons ne puissent essuyer de fortes contradictions. Il faudroit avoir bien peu
de connoissance de l'homme, pour ne pas savoir que les Préjugés l'emportent presque toujours sur la Raison, & sur-tout les préjugés
autorisés par un Sexe, qui impose une loi
qu'on suit toujours avec plaisir.

L'Amour est depuis trop long-tems en pos-
session du Théâtre François, pour souffrir que
d'autres passions y prennent sa place. C'est ce
qui me fait croire que le Jules-César pourroit
bien avoir le même sort que les Thémistocles,
les Alcibiades & les autres grands Hommes
d'Athènes admirés de toute la Terre, pendant
que l'Ostracisme les bannissoit de leur Patrie.

Mr. de Voltaire a imité en quelques endroits
Shakespear, Poëte Anglois, qui a réuni dans
la même Pièce les puérilités les plus ridicules
& les morceaux les plus sublimes. Il en a fait
le même usage que Virgile faisoit des Ouvrages d'Ennius; il a imité de l'Auteur Anglois
les deux derniéres Scènes, qui sont des plus
beaux modèles d'Eloquence qu'il y ait au
Théâtre.

Quum flueret lutulentus, erat quod tollere velles.

N'est-ce point un reste de barbarie en Europe de vouloir que les bornes que la Politique
& la fantaisie des hommes ont prescrites pour
la séparation des Etats, servent aussi de limites

tes aux Sciences & aux Beaux-Arts , dont les
progrès pourroient s'étendre par un commerce
mutuel des lumieres de ſes Voiſins.   Cette
Réflexion convient même mieux à la Nation
Françoiſe qu'a toute autre.   Elle eſt dans le
cas de ces Auteurs dont le Public exige plus à
meſure qu'il en a plus reçu ; elle eſt ſi générale-
ment polie & cultivée ,   que cela met en droit
d'exiger d'elle que non-ſeulement elle approuve, mais qu'elle cherche même à s'enrichir de
ce qu'elle trouve de bon chez ſes Voiſins :

Tros Rutuluſve fuat, nullo diſcrimine habeto.

Une objeƐtion dont je ne vous parlerois pas,
ſi je ne l'euſſe entendu faire , eſt ſur ce que
cette Tragédie n'eſt qu'en trois AƐtes. C'eſt
dit-on pécher contre le Théâtre, qui veut que
le nombre des AƐtes ſoit fixé à cinq. Il eſt
vrai qu'une des Règles , eſt qu'à toute rigueur
la repréſentation ne dure pas plus de tems que
n'auroit duré l'aƐtion , ſi véritablement elle fût
arrivée. On a borné avec raiſon le tems à trois
heures, parce qu'une plus longue durée laſſe-
roit l'attention , & empêcheroit qu'on ne pût
réunir aiſément dans le même point de vûe les
différentes circonſtances de l'aƐtion qui les paſſe. Sur ce principe on a diviſé les AƐtes en
cinq, pour la commodité des SpeƐtateurs & de
l'Auteur, qui peut faire arriver dans ces inter-
valles quelque événement néceſſaire au nœud ,
ou au dénôuement de la Pièce.   Toute l'ob-
R   je Ɛtion

jection ſe réduit donc à n'avoir fait durer l'action du Céſar que deux heures au lieu de trois.
Si ce n'eſt pas un défaut, la diviſion des Actes
n'en doit pas être un non plus , puiſque la même raiſon qui veut qu'une action de trois heures ſoit partagée en cinq Actes , demande auſſi
qu'une action de deux heures ne le ſoit qu'en
trois. Il ne s'enſuit pas de ce que la plus grande étendue qui a été preſcrite eſt de trois heures , qu'on ne puiſſe pas la rendre moindre ; &
je ne vois point pourquoi une Tragédie aſſu-
jettie aux trois unités , d'ailleurs pleine d'inte-
rêts , excitant la terreur & la compaſſion ; enfin faiſant en deux heures ce que les autres font
en trois , ne ſeroit pas une excellente Tragédie. Une Statue dans laquelle les belles pro-
portions & les autres règles de l'Art ſont ob-
ſervées , ne laiſſe pas d'être une belle Statue,
quoiqu'elle ſoit plus petite qu'une autre , faite
ſur les mêmes Règles. Je ne crois pas que perſonne trouve la Venus de Médicis moins belle
dans ſon genre, que le Gladiateur, parce qu'elle n'a que quatre pieds de hauteur , & que le
Gladiateur en a ſix. Mr. de Voltaire a peut-
être voulu donner à ſon Céſar moins d'étendue
que l'on n'en donne communément aux Pièces
Dramatiques , pour ſonder le goût du Public
par un eſſai , ſi l'on peut appeller de ce nom
une Pièce auſſi achevée. Il s'agit pour cela
d'une révolution dans le Théâtre François , &
c'eût été peut-être trop hazarder , que de com-
mencer par parler de Liberté & de Politique

trois

trois heures de suite à une Nation accoutumée
à voir soupirer Mithridate, sur le point de marcher vers le Capitole. On doit tenir compte à
Mr. de Voltaire de ce ménagement, & ne lui
point faire d'ailleurs un crime de n'avoir mis
ni amour, ni femmes dans sa Pièce: nées pour
inspirer la molesse & les sentimens, elles ne
pourroient jouer qu'un rôle ridicule entre Brutus & Cassius, *atroces animæ*. Elles en jouent
de si brillants par tout ailleurs, qu'elles ne doivent pas se plaindre de n'en avoir aucun dans
César. Je ne vous parlerai point des beautés
de détail qui sont sans nombre dans cette Pièce, ni de la force de la Poësie, pleine d'Images & de Sentimens. Que ne doit-on pas attendre de l'Auteur de Brutus & de la Henriade? La Scène de la conspiration me paroît des
plus belles & des plus fortes qu'on ait encore
vues sur le Théâtre ; elle fait voir en action ce
qui jusqu'à présent ne s'étoit presque toujours
passé qu'en récit.

Segnius irritant animos demissa per aures (*),

Quam quæ sunt oculis subjecta fidelibus, & quæ

Ipse sibi tradit Spectator. . . . . . .

La Mort même de César se passe presqu'à la
vûe des Spectateurs, ce qui nous épargne un
récit qui, quelque beau qu'il fût, ne pourroit
qu'être

(*) *Horat. de Arte Poetica*, v. 180 & *seqq.*

R 2

qu'être froid : ces événemens & les circonstan-
ces qui l'accompagnent étant trop connues de
tout le monde.

Je ne puis assez admirer combien cette Tragédie est pleine de choses, & combien les ca-
ractères sont grands & soutenus. Quel prodi-
gieux contraste entre César & Brutus ! Ce qui
d'ailleurs rend ce Sujet extrêmement difficile à
traiter, c'est l'art qu'il faut pour peindre d'un
côté Brutus avec une vertu féroce à la vérité,
& presque ingrat, mais ayant en main la bonne cause ; au moins selon les apparences, &
par rapport aux tems où l'Auteur nous trans-
porte ; & de l'autre côté César rempli de clémence, & des vertus les plus aimables, com-
blant de bienfaits ses ennemis, mais voulant
opprimer la liberté de sa Patrie. Il faut s'in-
teresser également pour tous les deux pendant
le cours de la Pièce, quoiqu'il semble que les
passions doivent s'entrenuire & se détruire ré-
ciproquement à la fin, comme feroient deux
forces égales & opposées, & par conséquent
ne produire aucun effet, & renvoyer les Spectateurs sans agitation. Ce sont ces réflexions
qui ont fait dire à un homme du métier (*) qu'il
regardoit ce sujet comme l'écueil des Poëtes
Tragiques, & qu'il l'auroit proposé volontiers
à

(*) M. Martelli qui a écrit beaucoup de Tragédies en Italien. Il s'est servi d'une nouvelle espèce de vers rimez qu'il
avoit imaginée d'après les vers Aléxandrins. Cette nouveauté n'a pas été favorable à ses Pièces.

à quelqu'un de ses Rivaux. Il semble que Mr.
de Voltaire non content de ses difficultés, en
ait voulu faire naître de nouvelles , en faisant
Brutus fils de César, ce qui d'ailleurs est fondé
sur l'Histoire. Il a aussi trouvé par-là le moyen
de se ménager de très-belles situations, & de
jetter dans sa Pièce un nouvel interêt, qui se
réunit tout entier à la fin pour César. La Ha-
rangue d'Antoine produit cet effet ; & elle est
à mon avis le modèle de l'éloquence la plus sé-
duisante. Enfin , je crois que l'on peut dire
avec vérité, que Mr. de Voltaire a ouvert une
nouvelle carriére, & qu'il a atteint le but en
même tems.

ACTEURS.

JULE-CE'SAR, Dictateur.

MARC-ANTOINE, Conful.

JUNIUS BRUTUS, Préteur.

CASSIUS,

CIMBER,

DECIMUS, ⎫Sénateurs.

DOLABELLA,

CASCA.

LES ROMAINS.

LICTEURS.

La Scène eft à Rome au Capitôle.

LA

LA MORT DE CESAR TRAGEDIE.

LA MORT

DE

CÉSAR,

TRAGÉDIE.

ACTE PREMIER.

SCENE I.

CE'SAR, ANTOINE,

ANTOINE.

C E'SAR, tu vas régner, voici le jour auguste,
Où le Peuple Romain, pour toi toujours injuste,
Changé par tes vertus, va reconnoître en toi,

Son

Son vainqueur, fon apui, fon vengeur, & fon Roi.
Antoine, tu le fais, ne connoît point l'envie.
J'ai chéri plus que toi la gloire de ta vie;
J'ai préparé la chaîne où tu mets les Romains,
Content d'être fous toi le fecond des Humains,
Plus fier de t'attacher ce nouveau Diadême,
Plus grand de te fervir, que de régner moi-même.
Quoi! tu ne me réponds que par de longs foupirs!
Ta grandeur fait ma joye, & fait tes déplaifirs!
Roi de Rome & du Monde, eſt ce à toi de te plain-
dre?
Céfar peut-il gémir, ou Céfar peut-il craindre?
Qui peut à ta grande ame infpirer la terreur?

CE'SAR.

L'amitié, Cher Antoine, il faut t'ouvrir mon cœur.
Tu fais que je te quitte, & le Deftin m'ordonne
De porter nos Drapeaux aux Champs de Babylone.
Je pars, & vais vanger fur le Parthe inhumain
La honte de Craffus, & du Peuple Romain.
L'Aigle des Légions que je retiens encore,
Demande à s'envoler vers les Mers du Bofphore,
Et mes braves Soldats n'attendent pour fignal,
Que de revoir mon front ceint du Bandeau Royal.
Peut-être avec raifon Céfar peut entreprendre
D'at-

D'attaquer un Païs qu'a foumis Aléxandre.

Peut-être les Gaulois, Pompée & les Romains
Valent bien les Perfans fubjugués par fes mains.

J'ofe au moins le penfer, & ton ami fe flate
Que le Vainqueur du Rhin, peut l'être de l'Euphrate.

Mais cet efpoir m'anime & ne m'aveugle pas,

Le Sort peut fe laffer de marcher fur mes pas:

La plus haute fageffe en eft fouvent trompée,

Il peut quitter Céfar, ayant trahi Pompée;

Et dans les factions comme dans les combats,

Du triomphe à la chûte, il n'eft fouvent qu'un pas,

J'ai fervi, commandé, vaincu, quarante années:

Du Monde entre mes mains j'ai vu les deftinées;

Et j'ai toujours connu qu'en chaque événement,

Le deftin des Etats dépendoit d'un moment.

Quoi qu'il puiffe arriver, mon cœur n'a rien à craindre;

Je vaincrai fans orgueil, ou mourrai fans me plaindre.

Mais j'exige en partant de ta tendre amitié

Qu'Antoine à mes Enfans foit pour jamais lié:

Que Rome par mes mains défendue & conquife,

Que la Terre à mes Fils, comme à toi foit fou-
mife,

Et

Et qu'emportant d'ici le grand titre de Roi,
Mon fang & mon ami le prennent après moi.
Je te laiffe aujourd'hui ma volonté derniere,
Antoine, à mes Enfans il faut fervir de Pere.
Je ne veux point de toi demander des fermens,
De la foi des humains facrés & vains garans;
Ta promeffe fuffit, & je la crois plus pure,
Que les Autels des Dieux entourés du parjure.

ANTOINE.

C'eft déja pour Antoine un affez dure loi,
Que tu cherches la Guerre & le trepas fans moi,
Et que ton interêt m'attache à l'Italie,
Quand la gloire t'apelle aux bornes de l'Afie.
Je m'afflige encor plus de voir que ton grand cœur
Doute de fa fortune, & préfage un malheur:
Mais je ne comprends point ta bonté qui m'outrage;
Céfar, que me dis-tu de tes Fils, de partage?
Tu n'as de Fils qu'Octave; & nulle adoption
N'a d'un autre Céfar appuyé ta Maifon.

CE'SAR.

Il n'eft plus tems, ami, de cacher l'amertume,
Dont mon cœur paternel en fecret fe confume.
Octave n'eft mon fang, qu'à la faveur des Loix:

Je

Je l'ai nommé Céfar, il eft fils de mon choix.

Le Deftin, (dois je dire, ou propice, ou févére?)

D'un véritable Fils en effet m'a fait Pere,

D'un Fils que je chéris, mais qui pour mon malheur

A ma tendre amitié répond avec horreur.

ANTOINE.

Et quel eft cet Enfant? Quel ingrat peut-il être

Si peu digne du Sang dont les Dieux l'ont fait naf-
tre?

CÉSAR.

Ecoute: Tu connois ce malheureux Brutus,

Dont Caton cultiva les farouches vertus,

De nos antiques Loix ce Défenfeur auftère,

Ce rigide Ennemi du Pouvoir arbitraire,

Qui toujours contre moi, les armes à la main,

De tous mes Ennemis a fuivi le deftin,

Qui fut mon Prifonnier aux Champs de Theffalie,

A qui j'ai, malgré lui, deux fois fauvé la vie;

Né, nourri loin de moi chez mes fiers Ennemis.

ANTOINE.

Brutus! il fe pourroit.....

CÉSAR.

Ne m'en crois pas. Tiens, lis.
AN.

ANTOINE.

Dieux! la Sœur de Caton! la fiere Servilie!

CE'SAR.

Par un hymen fecret, elle me fut unie,
Ce farouche Caton dans nos premiers débats,
La fit, prefqu'à mes yeux, paffer en d'autres bras:
Mais le jour qui forma ce fecond hymenée,
De fon nouvel Epoux trancha la deftinée.
Sous le nom de Brutus mon fils fut élevé.
Pour me haïr, ô Ciel! étoit il réfervé!
Mais lis, tu fauras tout par cet Ecrit funefte.

ANTOINE. *Il lit.*

Céfar, je vais mourir. La colere célefte
Va finir à la fois ma vie & mon amour.
Souviens-toi qu'à Brutus Céfar donna le jour.
Adieu. Puiffe ce Fils éprouver pour fon Pere
L'amitié qu'en mourant te confervoit fa mere!

Servilie.

Quoi! faut-il que du fort la tyrannique loi,
Céfar, te donne un Fils fi peu femblable à toi!

CE'SAR.

Il a d'autres vertus; fon fuperbe courage

Fla-

Flate en secret le mien, même alors qu'il l'outrage.
Il m'irrite, il me plaît. Son cœur indépendant
Sur mes sens étonnés prend un fier afcendant.
Sa fermeté m'impofe, & je l'excufe même
De condamner en moi !'autorité fuprême.
Soit qu'étant homme & Pere, un charme féducteur
L'excufant à mes yeux, me trompe en fa faveur:
Soit qu'étant né Romain, la voix de ma Patrie
Me parle malgré moi, contre ma Tyrannie,
Et que la Liberté que je viens d'opprimer,
Plus forte encor que moi me condamne à l'aimer.
Te dirai-je encor plus ? Si Brutus me doit l'Etre,
S'il eft Fils de Céfar, il doit haïr un Maître.
J'ai penfé comme lui dès mes plus jeunes ans,
J'ai détefté Silla, j'ai haï les Tyrans.
J'euffe été Citoyen, fi l'orgueilleux Pompée
N'eût voulu m'opprimer fous fa gloire ufurpée.
Né fier, ambitieux, mais né pour les vertus,
Si je n'étois Céfar, j'aurois été Brutus.
    Tout homme à fon état doit plier fon courage.
Brutus tiendra bien-tôt un différent langage,
Quand il aura connu de quel fang il eft né ;
Crois-moi, le Diadême à fon front deftiné
Adoucira dans lui fa rudeffe importune,

Ii

Il changera de mœurs, en changeant de fortune;
La nature, le fang, mes bienfaits, tes avis,
Le devoir, l'interêt, tout me rendra mon Fils.

ANTOINE.

J'en doute. Je connois fa fermeté farouche:
La Secte dont il eft n'admet rien qui la touche.
Cette Secte intraitable, & qui fait vanité
D'endurcir les efprits contre l'humanité,
Qui dompte & foule aux pieds la Nature irritée,
Parle feule à Brutus, & feule eft écoutée.
Ces préjugez affreux, qu'ils appellent devoir,
Ont fur ces cœurs de bronze un abfolu pouvoir,
Caton même, Caton ce malheureux Stoïque,
Ce Héros forcené, la victime d'Utique,
Qui fuyant un pardon qui l'eût humilié,
Préféra la mort même à ta tendre amitié;
Caton fut moins altier, moins dur, & moins à crain-
      dre,
Que l'ingrat qu'à t'aimer ta bonté veut contraindre.

CE'SAR.

Cher ami, de quels coups tu viens de me frapper!
Que m'as-tu dit!

AN.

ANTOINE.

Je t'aime, & ne te puis tromper.

CE'SAR.

Le tems amollit tout.

ANTOINE.

Mon cœur en defefpére.

CE'SAR.

Quoi, fa haine!….

ANTOINE.

Crois-moi.

CE'SAR.

N'importe ; je fuis Pere.
J'ai chéri, j'ai fauvé mes plus grands Ennemis,
Je veux me faire aimer de Rome & de mon Fils,
Et conquérant des cœurs vaincus par ma clémence,
Voir la Terre & Brutus adorer ma puiſſance.
C'eſt à toi de m'aider dans de ſi grands deſſeins :
Tu m'as prêté ton bras pour dompter les humains,
Dompte aujourd'hui Brutus, adoucis ſon conrage :
Prépare par degrés cette vertu fauvage,
Au fecret important qu'il lui faut révéler,
Et dont mon cœur encore héſite à lui parler.

A N-

ANTOINE.

Je ferai tout pour toi ; mais j'ai peu d'efpérance.

SCE'NE II.

CE'SAR, ANTOINE, DOLABELLA.

DOLABELLA.

Céfar, les Sénateurs attendent audience,
A ton ordre fuprême ils fe rendent ici.

CE'SAR.

Ils ont tardé long-tems.... Qu'ils entrent.

ANTOINE.

Les voici.
Que je lis fur leur front de dépit & de haîne !

SCE'-

SCĘNE III.

CE'SAR, ANTOINE, BRUTUS, CAS-
SIUS, CIMBER, DECIMUS, CIN-
NA, CASCA, &c. LICTEURS.

CE'SAR *assis.*

Venez dignes soutiens de la grandeur Romaine,
   Compagnons de Céfar. Approchez, Cassius,
Cimber; Cinna, Décime, & toi mon cher Brutus.
Enfin voici le tems, si le Ciel me seconde,
Où je vais achever la conquête du Monde,
Et voir dans l'Orient le Trône de Cyrus,
Satisfaire, en tombant, aux Manes de Crassus.
Il est tems d'ajouter par le droit de la Guerre,
Ce qui manque aux Romains des trois parts de la
   Terre.
Tout est prêt, tout prévu pour ce vafte dessein;
L'Euphrate attend Céfar, & je pars dès demain.
Brutus & Cassius me suivront en Afie,
Antoine retiendra la Gaule & l'Italie,
De la Mer Atlantique, & des bords du Bétis,
Cimber gouvernera les Rois affujettis;

Je donne à Decimus la Gréce, & la Lycie,

A Marcellus le Pont, à Cafca la Syrie.

Ayant ainfi réglé le fort des Nations,

Et laiffant Rome heureufe & fans divifions,

Il ne refte au Sénat, qu'à juger fous quel titre,

De Rome & des Humains, je dois être l'arbitre.

Silla fut honoré du nom de Dictateur,

Marius fut Conful, & Pompée Empereur.

J'ai vaincu le dernier, & c'eft áffez vous dire,

Qu'il faut un nouveau nom pour un nouvel Empire;

Un nom plus grand , plus faint , moins fujet aux
    revers,

Autrefois craint dans Rome, & cher à l'Univers.

Un bruit trop confirmé fe répand fur la Terre,

Qu'en vain Rome aux Perfans ofe faire la guerre:

Qu'un Roi feul peut les vaincre , & leur donner la
    Loi;

Céfar va l'entreprendre , & Céfar n'eft pas Roi.

Il n'eft qu'un Citoyen fameux par fes fervices,

Qui peut du Peuple encore effuyer les caprices. ...

Romains, vous m'entendez, vous favez mon efpoir,

Songez à mes bienfaits, fongez à mon pouvoir.

CIMBER.

Céfar, il faut parler. Ces Sceptres , ces Couron-
nes,

Ce

Ce fruit de nos travaux, l'Univers que tu donnes,
Seroient aux yeux du Peuple, & du Sénat jaloux,
Un outrage à l'Etat, plus qu'un bienfait pour nous.
Marius, ni Silla, ni Carbon, ni Pompée,
Dans leur autorité fur le Peuple ufurpée,
N'ont jamais prétendu difpofer à leur choix
Des conquêtes de Rome, & nous parler en Rois.
Céfar, nous attendions de ta clémence augufte
Un don plus précieux, une faveur plus jufte,
Au-deffus des Etats donnés par ta bonté....

C E´ S A R.

Qu'ofes tu demander, Cimber?

C I M B E R.

La Liberté.

C A S S I U S.

Tu nous l'avois promife, & tu juras toi-même
D'abolir pour jamais l'autorité fuprême;
Et je croyois toucher à ce moment heureux,
Où le Vainqueur du Monde alloit combler nos
    vœux;
Fumante de fon fang, captive & défolée,
Rome dans cet efpoir renaiffoit confolée.
Avant que d'être à toi, nous fommes fes Enfans;

Je fonge à ton pouvoir, mais fonge à tes fermens.

BRUTUS.

Oui , que Céfar foit grand , mais que Rome foit
    libre.

Dieux ! Maîtreffe de l'Inde, Efclave au bord du
    Tibre !

Qu'importe que fon nom commande à l'Univers,

Et qu'on l'appelle Reine , alors qu'elle eft aux fers ?

Qu'importe à ma Patrie, aux Romains que tu bra-
    ves ,

D'apprendre que Céfar a de nouveaux Efclaves ?

Les Perfans ne font point nos plus fiers Ennemis;

Il en eft de plus grands. Je n'ai pas d'autre avis.

CE'SAR.

Et toi Brutus auffi ?

ANTOINE *à Céfar.*

        Tu connois leur audace :
Vois fi ces cœurs ingrats font dignes de leur grace.

CE'SAR.

Ainfi vous voulez donc dans vos témérités,

Tenter ma patience, & laffer mes bontés ?

Vous qui m'appartenez par le droit de l'épée,

Rampans fous Marius, Efclaves de Pompée;

                Vous

Vous qui ne respirez, qu'autant que mon courroux
Retenu trop long-tems s'est arrêté sur vous;
Républicains ingrats, qu'enhardit ma clémence,
Vous qui devant Silla garderiez le silence;
Vous que ma bonté seule invite à m'outrager,
Sans craindre que César s'abaisse à se venger,
Voilà ce qui vous donne une ame assez hardie,
Pour oser me parler de Rome & de Patrie,
Pour affecter ici cette illustre hauteur,
Et ces grands sentimens devant votre Vainqueur.
Il les falloit avoir aux Plaines de Pharsale:
La fortune entre nous devient trop inégale;
Si vous n'avez su vaincre, apprenez à servir.

B R U T U S.

César, aucun de nous n'apprendra qu'à mourir:
Nul ne m'en desavoue & nul en Thessalie
N'abaissa son courage à demander la vie.
Tu nous laissas le jour, mais pour nous avilir;
Et nous le détestons, s'il te faut obéir.
César, qu'à ta colere aucun de nous n'échappe:
Commence ici par moi; si tu veux régner, frappe.

C E' S A R.

Ecoute... & vous sortez (*). Brutus m'ose offenser!
Mais

(*) *Les Sénateurs sortent.*

Mais fais-tu de quels traits tu viens de me percer?
Va, Céfar eft bien loin d'en vouloir à ta vie.
Laiffe-là du Sénat l'indifcrette furie.
Demeure. C'eft toi feul qui peux me defarmer.
Demeure. C'eft toi feul que Céfar veut aimer.

BRUTUS.

Tout mon fang eft à toi, fi tu tiens ta promeffe.
Si tu n'ès qu'un Tyran, j'abhorre ta tendreffe;
Et je ne peux refter avec Antoine & toi,
Puifqu'il n'eft plus Romain, & qu'il demande un Roi.

SCE'NE IV.

CE'SAR, ANTOINE.

ANTOINE.

EH bien, t'ai je trompé? Crois-tu que la Na-
ture
Puiffe amolir une ame, & fi fiére, & fi dure?
Laiffe, laiffe à jamais dans fon obfcurité
Ce fecret malheureux qui pefe à ta bonté.
Que de Rome, s'il veut, il déplore la chûte;
Mais qu'il ignore au moins quel fang il perfécute.

Il

Il ne mérite pas de te devoir le jour.
Ingrat à tes bontés, ingrat à ton amour,
Renonce-le pour Fils.

CESAR.

Je ne le puis ; je l'aime.

ANTOINE.

Ah ! ceſſe donc d'aimer l'orgueil du Diadême :
Deſcends donc de ce rang, où je te vois monté ;
La bonté convient mal à ton autorité,
De ta grandeur naiſſante elle détruit l'ouvrage.
Quoi ! Rome eſt ſous tes Loix, & Caſſius t'outrage !
Quoi Cimber ! Quoi Cinna ! ces obſcurs Sénateurs
Aux yeux du Roi du Monde affectent ces hauteurs !
Ils bravent ta puiſſance, & ces vaincus reſpirent !

CESAR.

Ils ſont nés mes égaux ; mes armes les vainquirent,
Et trop au-deſſus d'eux, je leur puis pardonner
De frémir ſous le joug, que je leur veux donner.

ANTOINE.

Marius de leur ſang eût été moins avare.
Silla les eût punis.

S 4　　　　　　CE-

CESAR.

Silla fut un Barbare,
Il n'a fu qu'opprimer. Le meurtre & la fureur
Faifoient fa politique, ainfi que fa grandeur.
Il a gouverné Rome au milieu des fupplices;
Il en étoit l'effroi, j'en ferai les délices.
Je fai quel eft le Peuple, on le change en un jour;
Il prodigue aifément fa haine & fon amour;
Si ma grandeur l'aigrit, ma clémence l'attire.
Un pardon politique à qui ne peut me nuire,
Dans mes chaînes qu'il porte, un air de liberté
A ramené vers moi fa foible volonté.
Il faut couvrir de fleurs l'abîme où je l'entraîne,
Flater encor ce Tigre, à l'inftant qu'on l'enchaîne,
Lui plaire en l'accablant, l'afservir, le charmer,
Et punir mes Rivaux en me faifant aimer.

ANTOINE.

Il faudroit être craint: c'eft ainfi que l'on régne.

CESAR.

Va, ce n'eft qu'aux combats, que je veux qu'on
me craigne.

ANTOINE.

Le Peuple abufera de ta façilité.

CE.

C E'S A R.

Le Peuple a jufqu'ici confacré ma bonté :
Vois ce Temple que Rome éleve à ma Clémence.

A N T O I N E.

Crains qu'elle n'en éleve un autre à la Vengeance :
Crains des cœurs ulcérés, nourris de defefpoir,
Idolâtres de Rome, & cruels par devoir.
Caffius allarmé prévoit qu'en ce jour même,
Ma main doit fur ton front mettre le Diadême.
Déja même à tes yeux on ofe en murmurer,
Des plus impétueux tu devrois t'affûrer.
A prévenir leurs coups, daigne au moins te con-
    traindre.

C E'S A R.

Je les aurois punis, fi je les pouvois craindre.
Ne me confeille point de me faire haïr.
Je fais combattre, vaincre, & ne fais point punir.
Allons, & n'écoutant ni foupçon, ni vengeance,
Sur l'Univers foumis régnons fans violence.

Fin du premier Acte.

S 5   ACTE

ACTE II.

SCE'NE I.

BRUTUS, ANTOINE, DOLABELLA.

ANTOINE.

C E fuperbe refus, cette animofité,
Marquent moins de vertu, que de férocité.

Les bontés de Céfar, & fur-tout fa puiffance,

Méritoient plus d'égards, & plus de complaifance.

A lui parler du moins vous pourriez confentir.

Vous ne connoiffez pas qui vous ofez haïr,

Et vous en frémiriez, fi vous pouviez apprendre...

BRUTUS.

Ah! j'en frémis déja, mais c'eft de vous entendre.

Ennemi des Romains que vous avez vendus,

Pen=

Penfez-vous ou tromper, ou corrompre Brutus?

Allez ramper fans moi, fous la main qui vous brave.

Je fai tous vos deffeins, vous brûlez d'être Efclave.

Vous voulez un Monarque, & vous êtes Romain!

ANTOINE.

Je fuis ami, Brutus, & porte un cœur humain.

Je ne recherche point une vertu plus rare:

Tu veux être un Héros, mais tu n'ès qu'un Barbare,

Et ton farouche orgueil que rien ne peut fléchir,

Embraffa la vertu pour la faire haïr.

SCÈNE II.

BRUTUS.

Quelle baffeffe, ô Ciel! & quelle ignominie!

Voilà donc les foutiens de ma trifte Patrie!

Voilà vos fucceffeurs, Horace, Decius,

Et toi, Vengeur des Loix, toi mon fang, toi Brutus!

Quels reftes, juftes Dieux, de la grandeur Romaine!

Chacun baife en tremblant la main qui nous enchaîne.

Céfar nous a ravi jufques à nos vertus,

Et

Et je cherche ici Rome, & ne la trouve plus.

Vous que j'ai vu périr, vous immortels courages,

Héros, dont, en pleurant, j'apperçois les Images,

Famille de Pompée, & toi divin Caton,

Toi dernier des Héros du fang de Scipion:

Vous ranimez en moi ces vives étincelles

Des vertus dont brilloient vos ames immortelles;

Vous vivez dans Brutus, vous mettez dans mon fein,

Tout l'honneur qu'un Tyran ravit au nom Romain.

Que vois-je, Grand Pompée, au pied de ta Statue?

Quel Billet, fous mon nom, fe préfente à ma vûe?

Lifons (*): *Tu dors, Brutus, & Rome eft dans les fers!*

Rome, mes yeux fur toi feront toujours ouverts.

Ne me reproche point des chaînes que j'abhorre.

Mais quel autre Billet à mes yeux s'offre encore?

Non, tu n'ès pas Brutus. Ah! reproche cruel!

Céfar! tremble Tyran: voilà ton coup mortel.

Non, tu n'ès pas Brutus. Je le fuis, je veux l'être.

Je périrai, Romains, ou vous ferez fans Maître.

Je vois que Rome encore a des cœurs vertueux.

On demande un Vengeur, on a fur moi les yeux;

On excite cette ame, & cette main trop lente:

On demande du fang .... Rome fera contente.

(*) *Il prend le Billet.*

S C E-

S C E' N E III.

BRUTUS, CASSIUS, CINNA, CASCA,
DECIMUS, *Suite.*

CASSIUS.

JE t'embraffe, Brutus, pour la derniere fois,
Amis, il faut tomber fous les débris des Loix.
De Céfar deformais je n'attends plus de grace,
Il fait mes fentimens, il connoît notre audace.
Notre ame incorruptible étonne fes deffeins;
Il va perdre dans nous les derniers des Romains.
C'en eft fait, mes Amis, il n'eft plus de Patrie,
Plus d'Honneur, plus de Loix, Rome eft anéantie.
De l'Univers & d'elle, il triomphe aujourd'hui.
Nos imprudens Ayeux n'ont vaincu que pour lui.
Ces dépouilles des Rois, ce Sceptre de la Terre,
Six cens ans de vertus, de travaux & de Guerre:
Céfar jouït de tout; & dévore le fruit,
Que fix Siècles de Gloire à peine avoient produit.
Ah Brutus! ès tu né pour fervir fous un Maître?
La liberté n'eft plus.

BRU-

BRUTUS.

Elle eſt prête à renaître.

CASSIUS.

Que dis-tu ? Mais quel bruit vient frapper mes
eſpris !

BRUTUS.

Laiſſe-là ce vil Peuple, & ſes indignes cris.

CASSIUS.

La liberté, dis-tu ? . . . Mais quoi . . . . . le bruit redouble.

SCE'NE IV.

BRUTUS, CASSIUS, CIMBER, DECIMUS.

CASSIUS.

AH! Cimber, eſt-ce toi ? parle, quel eſt ce
trouble ?

DECIMUS.

Trame-t-on contre Rome un nouvel attentat ?
Qu'a-t-on fait ? Qu'as-tu vu ?

CIM-

C I M B E R.

La honte de l'Etat.

Céfar étoit au Temple, & cette fiére Idole
Sembloit être le Dieu qui tonne au Capitole.
C'eft-là qu'il annonçoit fon fuperbe deffein
D'aller joindre la Perfe à l'Empire Romain.
On lui donnoit les noms de Foudre de la Guerre,
De Vengeur des Romains , de Vainqueur de la
    Terre.
Mais parmi tant d'éclat, fon orgueil impudent
Vouloit un autre Titre, & n'étoit pas content.
Enfin parmi ces cris & ces chants d'allegreffe
Du Peuple qui l'entoure, Antoine fend la preffe:
Il entre: ô honte ! ô crime indigne d'un Romain !
Il entre, la Couronne, & le Sceptre à la main.
On fe taît: on frémit: lui, fans que rien l'étonne,
Sur le front de Céfar attache la Couronne ;
Et foudain devant lui fe mettant à genoux,
Céfar régne, dit-il, fur la Terre, & fur nous.
Des Romains à ces mots les vifages pâliffent,
De leurs cris douloureux les voutes retentiffent.
J'ai vu des Citoyens s'enfuir avec horreur,
D'autres rougir de honte, & pleurer de douleur.
Céfar qui cependant lifoit fur leur vifage
De l'indignation l'éclatant témoignage,

                        Fei.

Feignant des ſentimens long-tems étudiés,

Jette & Sceptre & Couronne , & les foule à ſes
    pieds.

Alors tout ſe croit libre , alors tout eſt en proye

Au fol enyvrement d'une indiſcrette joye.

Antoine eſt allarmé: Céſar feint , & rougit;

Plus il céle ſon trouble, & plus on l'applaudit.

La modération ſert de voile à ſon crime:

Il affecte à regret un refus magnanime;

Mais malgré ſes efforts, il frémiſſoit tout bas

Qu'on applaudît en lui les vertus qu'il n'a pas.

Enfin ne pouvant plus retenir ſa colére,

Il ſort du Capitole avec un front ſévére.

Il veut que dans une heure, on s'aſſemble au Sénat.

Dans une heure, Brutus, Céſar change l'Etat.

De ce Sénat ſacré la moitié corrompue

Ayant acheté Rome, à Céſar l'a vendue,

Plus lâche que ce Peuple, à qui dans ſon malheur

Le nom de Roi du moins fait toujours quelque
    horreur.

Céſar déja trop Roi, veut encor la Couronne:

Le Peuple la refuſe, & le Sénat la donne;

Que faut-il faire enfin, Héros qui m'écoutez?

                            C A S.

C A S S I U S.

Mourir, finir des jours dans l'opprobre comptés.

J'ai traîné les liens de mon indigne vie,

Tant qu'un peu d'espérance a flaté ma Patrie.

Voici son dernier jour, & du moins Cassius

Ne doit plus respirer, lorsque l'Etat n'est plus.

Pleure qui voudra Rome, & lui reste fidelle;

Je ne peux la venger, mais j'expire avec elle.

Je vais où sont nos Dieux.... Pompée & Scipion,

En regardant leurs Statues.

Il est tems de vous suivre, & d'imiter Caton.

B R U T U S.

Non, n'imitons personne, & servons tous d'exemple:

C'est nous, braves Amis, que l'Univers contemple;

C'est à nous de répondre à l'admiration

Que Rome en expirant conserve à notre nom.

Si Caton m'avoit cru, plus juste en sa furie,

Sur Céfar expirant, il eût perdu la vie;

Mais il tourna sur soi ses innocentes mains,

Sa mort fut inutile au bonheur des humains.

Faisant tout pour la gloire, il ne fit rien pour Rome;

Et c'est la seule faute, où tomba ce grand homme.

CASSIUS.

Que veux-tu donc qu'on fasse en un tel desespoir?

BRUTUS.

Montrant le Billet.

Voilà ce qu'on m'écrit, voilà notre devoir.

CASSIUS.

On m en écrit autant, j'ai reçu ce reproche.

BRUTUS.

C'est trop le mériter.

CIMBER.

L'heure fatale approche.

Dans une heure un Tyran détruit le nom Romain.

BRUTUS.

Dans une heure à Céfar il faut percer le fein.

CASSIUS.

Ah! je te reconnois à cette noble audace.

DECIMUS.

Ennemi des Tyrans, & digne de ta race,
Voilà les fentimens que j'avois dans mon cœur.

CAS-

CASSIUS.

Tu me rends à moi-même, & je t'en dois l'honneur.
C'est-là ce qu'attendoient ma haine & ma colére
De la mâle vertu qui fait ton caractère.
C'est Rome qui t'inspire en des desseins si grands :
Ton nom seul est l'Arrêt de la mort des Tyrans.
Lavons, mon cher Brutus, l'opprobre de la Terre,
Vengeons ce Capitole au défaut du Tonnerre.
Toi Cimber, toi Cinna, vous Romains indomptés
Avez-vous une autre ame, & d'autres volontés ?

CIMBER.

Nous pensons comme toi : nous méprisons la vie :
Nous détestons César : nous aimons la Patrie :
Nous la vengerons tous ; Brutus & Cassius
De quiconque est Romain raniment les vertus.

DECIMUS.

Nés juges de l'Etat, nés les Vengeurs du crime,
C'est souffrir trop long-tems la main qui nous op-
     prime ;
Et quand sur un Tyran nous suspendons nos coups,
Chaque instant qu'il respire est un crime pour nous.

CIMBER.

Admettrons-nous quelqu'autre à ces honneurs su-
     prêmes ?

           BRU.

BRUTUS.

Pour venger la Patrie, il fuffit de nous-mêmes.
Dolabella, Lépide, Emile, Bibulus,
Ou tremblent fous Céfar, ou bien lui font vendus.
Cicéron qui d''un Traître a puni l'infolence,
Ne fert la Liberté que par fon éloquence;
Hardi dans le Sénat, foible dans le danger,
Fait pour haranguer Rome, & non pour la venger.
Laiffons à l'Orateur, qui charme fa Patrie,
Le foin de nous louer, quand nous l'aurons fervie.
Non, ce n'eft qu'avec vous que je veux partager
Cet immortel honneur, & ce preffant danger.
Dans une heure au Sénat le Tyran doit fe rendre.
Là, je le punirai: là, je le veux furprendre;
Là, je veux que ce fer enfoncé dans fon fein,
Venge Caton, Pompée, & le Peuple Romain.
C'eft hazarder beaucoup. Ses ardens Satellites
Par-tout du Capitole occupent les limites.
Ce Peuple mou, volage & facile à fléchir,
Ne fait s'il doit encor l'aimer ou le haïr.
Notre mort, mes Amis, paroît inévitable;
Mais qu'une telle mort eft noble & defirable!
Qu'il eft beau de périr dans des deffeins fi grands

De

De voir couler fon fang dans le fang des Tyrans !
Qu'avec plaifir alors on voit fa derniére heure !
Mourons, braves Amis, pourvû que Céfar meure,
Et que la Liberté, qu'oppriment fes forfaits,
Renaiffe de fa cendre, & revive à jamais.

C A S S I U S.

Ne balançons donc plus, courons au Capitole;
C'eft-là qu'il nous opprime, & qu'il faut qu'on l'im-
  mole.
Ne craignons rien du Peuple, il femble encor
  douter;
Mais fi l'Idole tombe, il va la détefter.

B R U T U S.

Jurez donc avec moi, jurez fur cette épée,
Par le fang de Caton, par celui de Pompée,
Par les Mânes facrés de tous ces vrais Romains,
Qui dans les Champs d'Afrique ont fini leurs deftins;
Jurez par tous les Dieux, Vengeurs de la Patrie,
Que Céfar fous vos coups va terminer fa vie.

C A S S I U S.

Faifons plus, mes Amis, jurons d'exterminer
Quiconque ainfi que lui prétendra gouverner:
Fuffent nos propres Fils, nos Freres, ou nos Peres :

    S'ils

S'ils font Tyrans, Brutus, ils font nos Adverfaires;
Un vrai Républicain n'a pour Pere & pour Fils,
Que la Vertu, les Dieux, les Loix & fon Païs.

BRUTUS.

Oui, j'unis pour jamais mon fang avec le vôtre.
Tous dès ce moment même, adoptés l'un pour
  l'autre,
Le falut & l'Etat nous a rendus Parens,
Scellons notre union du fang de nos Tyrans.

Il s'avance vers la Statue de Pompée.

Nous le jurons par vous, Héros, dont les Images,
A ce preffant devoir excitent nos courages.
Nous promettons, Pompée, à tes facrés genoux,
De faire tout pour Rome, & jamais rien pour nous,
D'être unis pour l'Etat, qui dans nous fe raffemble,
De vivre, de combattre, & de mourir enfemble.
Allons, préparons-nous, c'eft trop nous arrêter.

SCE-

SCE'NE V.

CE'SAR, BRUTUS.

CE'SAR.

DEMEURE. C'eſt ici que tu dois m'écouter;
Où vas-tu malheureux?

BRUTUS.

Loin de la Tyrannie.

CE'SAR.

Licteurs qu'on le retienne.

BRUTUS.

Acheve, & prens ma vie.

CE'SAR.

Brutus, ſi ma colére en vouloit à tes jours,
Je n'aurois qu'à parler, j'aurois fini leur cours.
Tu l'as trop mérité. Ta fiére ingratitude
Se fait de m'offenſer une farouche étude.
Je te retrouve encor avec ceux des Romains,
Dont j'ai plus ſoupçonné les perfides deſſeins;
Avec ceux qui tantôt ont oſé me déplaire,

T 4   On

Ont blâmé ma conduite, ont bravé ma colére.

BRUTUS.

Ils parloient en Romains, Céfar, & leurs avis,
Si les Dieux t'infpiroient, feroient encor fuivis.

CE'SAR.

Je fouffre ton audace, & confens à t'entendre :
De mon rang avec toi, je me plais à defcendre.
Que me reproches-tu ?

BRUTUS.

Le Monde ravagé,
Le fang des Nations, ton Païs faccagé :
Ton pouvoir, tes vertus qui font tes injuftices,
Qui de tes attentats font en toi les complices ;
Ta funefte bonté qui fait aimer tes fers,
Et qui n'eft qu'un appas, pour tromper l'Univers.

CE'SAR.

Ah ! c'eft ce qu'il falloit reprocher à Pompée.
Par fa feinte vertu la tienne fut trompée.
Ce Citoyen fuperbe à Rome plus fatal,
N'a pas même voulu Céfar pour fon égal.
Crois-tu, s'il m'eût vaincu, que cette ame hau-
taine
Eût laiffé refpirer la liberté Romaine ?

Ah !

Ah! fous un joug de fer il t'auroit accablé.
Qu'eût fait Brutus alors?

B R U T U S.

Brutus l'eût immolé.

C E' S A R.

Voilà donc ce qu'enfin ton grand cœur me deftine?
Tu ne t'en défens point. Tu vis pour ma ruïne,
Brutus!

B R U T U S.

Si tu le crois, préviens donc ma fureur.
Qui peut te retenir?

C E' S A R. *Il lui préfente la Lettre de Servilie.*

La Nature, & mon cœur.

Lis, ingrat, lis, connois le fang que tu m'oppofes,
Vois qui tu peux haïr, & pourfuis, fi tu l'ofes.

B R U T U S.

Où fuis-je ? Qu'ai-je lu ? Me trompez-vous mes
yeux ?

C E' S A R.

Eh bien! Brutus, mon Fils!

B R U T U S.

Lui, mon Pere! Grands Dieux!

T 5   C E'-

CE'SAR.

Oui, je le fuis, ingrat! Quel filence farouche!
Que dis-je? Quels fanglots échappent de ta bouche?
Mon Fils...., Quôi, je te tiens muet entre mes
    bras!
La Nature t'étonne, & ne t'attendrit pas!

BRUTUS.

O fort épouvantable, & qui me defefpére!
O fermens! ô Patrie! ô Rome toujours chére!
Céfar!... Ah! malheureux j'ai trop long-tems vécu!

CE'SAR.

Parle. Quoi d'un remords ton cœur eft combattu!
Ne me déguife rien. Tu gardes le filence?
Tu crains d'être mon Fils, ce nom facré t'offenfe?
Tu crains de me chérir, de partager mon rang;
C'eft un malheur pour toi d'être né de mon fang?
Ah! ce Sceptre du Monde, & ce Pouvoir Suprême,
Ce Céfar que tu hais, les vouloit pour toi-même.
Je voulois partager avec Octave & toi,
Le prix de cent combats, & le titre de Roi.

BRUTUS.

Ah! Dieux!

CE'-

C E' S A R.

Tu veux parler, & te retiens à peine?
Ces tranſports ſont-ils donc de tendreſſe ou de
  haine?
Quel eſt donc le ſecret qui ſemble t'accabler?

B R U T U S.

Céſar. . . .

C E' S A R.

Eh bien, mon Fils?

B R U T U S.

　　　　　　Je ne puis lui parler,

C E' S A R.

Tu n'oſes me nommer du tendre nom de Pere?

B R U T U S.

Si tu l'ès, je te fais une unique priere.

C E' S A R.

Parle. En te l'accordant, je croirai tout gagner.

B R U T U S.

Fai moi mourir ſur l'heure, ou ceſſe de régner.

C E' S A R.

Ah! barbare Ennemi, Tigre que je careſſe!

　　　　　　　　　　Ah!

Ah! cœur dénaturé qu'endurcit ma tendreſſe,
Va, tu n'ès plus mon Fils. Va, cruel Citoyen,
Mon cœur deſeſpéré prend l'exemple du tien;
Ce cœur à qui tu fais cette effroyable injure,
Saura bien comme toi vaincre enfin la Nature.
Va, Céſar n'eſt pas fait pour te prier en vain;
J'apprendrai de Brutus à ceſſer d'être humain.
Je ne te connois plus. Libre dans ma puiſſance,
Je n'écouterai plus une injuſte clémence,
Tranquille, à mon courroux je vais m'abandonner:
Mon cœur trop indulgent eſt las de pardonner:
J'imiterai Silla, mais dans ſes violences;
Vous tremblerez, ingrats, au bruit de mes ven-
     geances.
Va, cruel, va trouver tes indignes Amis,
Tous m'ont oſé déplaire, ils ſeront tous punis.
On ſait ce que je puis, on verra ce que j'oſe:
Je deviendrai barbare, & toi ſeul en ès cauſe.

BRUTUS.

Ah! ne le quittons point dans ſes cruels deſſeins,
Et ſauvons, s'il ſe peut, Céſar & les Romains.

Fin du ſecond Acte.

ACTE

A C T E III.

SCÈNE I.

CASSIUS, CIMBER, DE'CIME,
CINNA, CASCA, LES
CONJURE'S.

CASSIUS.

ENFIN donc l'heure approche, où Rome va renaître.
La Maîtresse du Monde est aujourd'hui sans Maître.
L'honneur en est à vous, Cimber, Casca, Probus,
Décime. Encore une heure, & le Tyran n'est plus.
Ce que n'ont pu Caton, & Pompée & l'Asie,
Nous seuls l'exécutons, nous vengeons la Patrie;
Et je veux qu'en ce jour on dise à l'Univers,
Mortels respectez Rome, elle n'est plus aux fers.

CIMBER.

Tu vois tous nos Amis, ils sont prêts à te suivre,

A

A frapper, à mourir, à vivre, s'il faut vivre;
A servir le Sénat dans l'un ou l'autre sort,
En donnant à César, ou recevant la mort.

DE'CIME.

Mais d'où vient que Brutus ne paroît point encore,
Lui ce fier Ennemi du Tyran qu'il abhorre,
Lui qui prit nos sermens, qui nous rassembla tous,
Lui qui doit sur César porter les premiers coups?
Le Gendre de Caton tarde bien à paroître.
Seroit-il arrêté? César peut-il connoître?....
Mais le voici. Grand Dieux! qu'il paroît abbatu!

SCE'NE II.

CASSIUS, BRUTUS, CIMBER, CAS-CA, DE'CIME, LES CONJURE'S.

CASSIUS.

BRUTUS, quelle infortune accable ta vertu?
Le Tyran sait-il tout? Rome est-elle trahie?

BRUTUS.

Non, César ne sait point qu'on va trancher sa vie.
Il se confie à vous.

DE-

D E C I M U S.

Qui peut donc te troubler ?

B R U T U S.

Un malheur, un fecret, qui vous fera trembler.

C A S S I U S.

De nous ou du Tyran c'eft la mort qui s'apprête,
Nous pouvons tous périr ; mais trembler, nous !

B R U T U S.

Arrête;

Je vais t'épouvanter par ce fecret affreux.
Je dois fa mort à Rome, à Vous, à nos Neveux,
Au bonheur des Mortels, & j'avois choifi l'heure,
Le lieu, le bras, l'inftant, où Rome veut qu'il
     meure:
L'honneur du premier coup à mes mains eft remis;
Tout eft prêt. Apprenez que Brutus eft fon Fils.

C I M B E R.

Toi, fon Fils!

C A S S I U S.

De Céfar!

D E C I M U S.

O Rome!

B R U.

BRUTUS.

Servilie

Par un hymen fecret à Céfar fut unie,
Je fuis de cet hymen le fruit infortuné.

CIMBER.

Brutus, Fils d'un Tyran!

CASSIUS.

Non, tu n'en ès pas né;
Ton cœur eft trop Romain.

BRUTUS.

Ma honte eft véritable.
Vous, Amis, qui voyez le deftin qui m'accable,
Soyez par mes fermens les maîtres de mon fort.
Eft-il quelqu'un de vous d'un efprit affez fort,
Affez Stoïque, affez au-deffus du Vulgaire,
Pour ofer décider ce que Brutus doit faire?
Je m'en remets à vous. Quoi! vous baiffez les yeux!
Toi, Caffius, auffi tu te tais avec eux!
Aucun ne me foutient au bord de cet abîme!
Aucun ne m'encourage, ou ne m'arrache au crime!
Tu frémis, Caffius! & prompt à t'étonner....

CAS-

CASSIUS.

Je frémis du confeil que je vais te donner.

BRUTUS.

Parle.

CASSIUS.

Si tu n'étois qu'un Citoyen vulgaire,
Je te dirois : Va, fers : fois Tyran fous ton Pere :
Ecrafe cet Etat que tu dois foutenir :
Rome aura deformais deux Traîtres à punir ;
Mais je parle à Brutus, à ce puiffant génie,
A ce Héros armé contre la Tyrannie,
Dont le cœur infléxible, au bien déterminé,
Epura tout le fang que Céfar t'a donné.
Ecoute, tu connois avec quelle furie,
Jadis Catilina menaça fa Patrie.

BRUTUS.

Oui.

CASSIUS.

Si le même jour, que ce grand Criminel
Dut à la Liberté porter le coup mortel :
Si lorfque le Sénat eut condamné ce Traître,
Catilina pour Fils t'eût voulu reconnoître ;

V   En-

Entre ce Monftre & nous forcé de décider,
Parle : Qu'aurois-tu fait ?

BRUTUS.

                        Peux-tu le demander ?
Penfes-tu qu'un inftant ma vertu démentie,
Eût mis dans la balance un homme & la Patrie ?

CASSIUS.

Brutus, par ce feul mot ton devoir eft dicté.
C'eft l'Arrêt du Sénat. Rome eft en fûreté.
Mais, dis, fens-tu ce trouble, & ce fecret mur-
    mure
Qu'un préjugé vulgaire impute à la Nature?
Un feul mot de Céfar a-t-il éteint dans toi,
L'amour de ton Païs, ton devoir, & ta foi ?
En difant ce fecret, ou faux ou véritable,
En t'avouant pour Fils, en eft-il moins coupable ?
En ès-tu moins Brutus ? En ès-tu moins Romain ?
Nous dois-tu moin ta vie, & ton cœur & ta main ?
Toi, fon Fils ! Rome enfin n'eft-elle plus ta Mere ?
Chacun des Conjurés n'eft-il donc plus ton Frere ?
Né dans nos murs facrés, nourri par Scipion,
Eleve de Pompée, adopté par Caton,
Ami de Caffius, que veux-tu davantage ?
Ces titres font facrés, tout autre les outrage.
                             Qu'im-

Qu'importe qu'un Tyran, vil esclave d'amour,
Ait séduit Servilie, & t'ait donné le jour?
Laisse-là les erreurs, & l'hymen de ta Mere,
Caton forma tes mœurs, Caton seul est ton Pere;
Tu lui dois ta vertu: ton ame est toute à lui:
Brise l'indigne nœud que l'on t'offre aujourd'hui;
Qu'à nos sermens communs ta fermeté réponde;
Et tu n'as de Parens que les Vengeurs du Monde.

BRUTUS.

Et vous, braves Amis, parlez, que pensez-vous?

CIMBER.

Jugez de nous par lui, jugez de lui par nous.
D'un autre sentiment si nous étions capables,
Rome n'auroit point eu des Enfans plus coupables;
Mais à d'autres qu'à toi pourquoi t'en rapporter?
C'est ton cœur, c'est Brutus qu'il te faut consulter.

BRUTUS.

Eh bien, à vos regards mon ame est dévouée,
Lisez-y les horreurs dont elle est accablée.
Je ne vous céle rien: ce cœur s'est ébranlé;
De mes Stoïques yeux des larmes ont coulé.
Après l'affreux serment que vous m'avez vu faire,
Prêt à servir l'Etat, mais à tuer mon Pere,

V 2   Pleu-

Pleurant d'être ſon Fils, honteux de ſes bienfaits,
Admirant ſes vertus, condamnant ſes forfaits,
Voyant en lui mon Pere, un coupable, un grand
    Homme,
Entraîné par Céſar, & retenu par Rome,
D'horreur & de pitié mes eſprits déchirés,
Ont ſouhaité la mort que vous lui préparez.
Je vous dirai bien plus, ſachez que je l'eſtime.
Son grand cœur me ſéduit au ſein même du crime;
Et ſi ſur les Romains quelqu'un pouvoit régner,
Il eſt le ſeul Tyran que l'on dût épargner.
Ne vous allarmez point: ce nom que je déteſte,
Ce nom ſeul de Tyran l'emporte ſur le reſte.
Le Sénat, Rome, & Vous, vous avez tous ma foi:
Le bien du Monde entier me parle contre un Roi.
J'embraſſe avec horreur une vertu cruelle,
J'en friſſonne à vos yeux, mais je vous ſuis fidèle.
Céſar me va parler, que ne puis je aujourd'hui
L'attendrir, le changer, ſauver l'Etat & lui!
Veuillent les Immortels s'expliquant par ma bou-
    che,
Prêter à mon organe, un pouvoir qui le touche!
Mais ſi je n'obtiens rien de cet Ambitieux
Levez le bras, frappez, je détourne les yeux.
Je ne trahirai point mon Païs pour mon pere:

                    Que

Que l'on approuve, ou non, ma fermeté févere,
Qu'a l'Univers furpris cette grande action
Soit un objet d'horreur, ou d'admiration :
Mon efprit peu jaloux de vivre en la mémoire,
Ne confidere point le reproche, ou la gloire;
Toujours indépendant, & toujours Citoyen,
Mon devoir me fuffit, tout le refte n'eft rien.
Allez, ne fongez plus qu'à fortir d'efclavage.

C A S S I U S.

Du falut de l'Etat ta parole eft le gage.

Nous comptons tous fur toi, comme fi dans ces
lieux

Nous entendions Caton , Rome même & nos
Dieux.

S C E N E   III.

BRUTUS.

VOici donc le moment où Céfar va m'enten-
dre;
Voici ce Capitole où la mort va l'attendre.
Epargnez-moi, Grands Dieux, l'horreur de le haïr !
Dieux arrêtez ces bras levés pour le punir !

Ren-

Rendez, s'il fe peut, Rome à fon grand cœur plus
  chere,

Et faites qu'il foit jufte, afin qu'il foit mon Pere,

Le voici. Je demeure immobile, éperdu,

O Mânes de Caton, foutenez ma vertu.

SCE'NE IV.

CE'SAR, BRUTUS.

CE'SAR.

EH bien, que veux-tu? Parle. As-tu le cœur
  d'un homme?
Es-tu Fils de Céfar?

BRUTUS.

Oui, fi tu l'ès de Rome,

CE'SAR.

Républicain farouche, où vas tu t'emporter!

N'as-tu voulu me voir, que pour mieux m'infulter?

Quoi! tandis que fur toi mes faveurs fe répandent,

Que du Monde foumis les hommages t'attendent,

L'Empire, mes bontés, rien ne fléchit ton cœur!

De quel œil vois-tu donc le Sceptre?

BRU-

B R U T U S.

Avec horreur.

C E' S A R.

Je plains tes préjugés, je les excufe même.
Mais peux-tu me haïr?

B R U T U S.

Non, Céfar, & je t'aime;
Mon cœur par tes Exploits fut pour toi prévenu,
Avant que pour ton fang tu m'euffes reconnu.
Je me fuis plaint aux Dieux de voir qu'un fi grand
        Homme,
Fût à la fois la Gloire, & le Fleau de Rome.
Je détefte Céfar avec le nom de Roi:
Mais Céfar Citoyen feroit un Dieu pour moi;
Je lui facrifierois ma fortune & ma vie.

C E' S A R.

Que peux-tu donc haïr en moi?

B R U T U S.

La Tyrannie.
Daigne écouter les vœux, les larmes, les avis
De tous les vrais Romains, du Sénat, de ton Fils,
Veux-tu vivre en effet le premier de la Terre,

V 4   Jouïr

Jouïr d'un droit plus faint, que celui de la Guerre,
Etre encor plus que Roi, plus même que Céfar?

CE'SAR.

Eh bien?

BRUTUS.

Tu vois la Terre enchaînée à ton Char;
Romps nos fers, fois Romain, renonce au Diadême.

CE'SAR.

Ah! que propofes-tu?

BRUTUS.

Ce qu'a fait Silla même.
Long-tems dans notre fang Silla s'étoit noyé,
Il rendit Rome libre, & tout fut oublié.
Cet Affaffin illuftre entouré de Victimes,
En defcendant du Trône effaça tous fes crimes.
Tu n'eus point fes fureurs, ofe avoir fes vertus.
Ton cœur fut pardonner, Céfar, fais encor plus.
Que fervent deformais les graces que tu donnes,
C'eft à Rome, à l'Etat qu'il faut que tu pardonnes.
Alors plus qu'à ton rang nos cœurs te font foumis;
Alors tu fais régner, alors je fuis ton Fils.
Quoi! je te parle en vain?

CE.

CE'SAR.

Rome demande un Maître,

Un jour à tes dépens tu l'apprendras peut-être.

Tu vois nos Citoyens plus puiffans que des Rois.

Nos mœurs changent, Brutus; il faut changer nos
  Loix.

La Liberté n'eft plus que le droit de fe nuire:

Rome qui détruit tout, femble enfin fe détruire;

Ce Coloffe effrayant, dont le Monde eft foulé,

En prèffant l'Univers, eft lui-même ébranlé.

Il panche vers fa chûte, & contre la tempête

Il demande mon bras pour foutenir fa tête;

Enfin depuis Silla, nos antiques Vertus

Les Loix, Rome, l'Etat font des noms fuperflus.

Dans nos tems corrompus, pleins de Guerres ci-
  viles,

Tu parles comme au tems des Déces, des Emiles;

Caton t'a trop féduit, mon cher Fils, je prévoi

Que ta trifte vertu perdra l'Etat & toi.

Fais céder, fi tu peux, ta raifon détrompée

Au Vainqueur de Caton, au Vainqueur de Pompée,

A ton Pere qui t'aime, & qui plaint ton erreur.

Sois mon Fils en effet, Brutus, rends-moi ton
  cœur,

Prends d'autres fentimens, ma bonté t'en conjure;

Ne force point ton ame à vaincre la Nature.

Tu ne me réponds rien : tu détournes les yeux?

BRUTUS.

Je ne me connois plus. Tonnez fur moi, Grands
  Dieux !

Céfar. . . . .

CESAR.

  Quoi ! tu t'émeus ? ton ame eft amolie?

Ah ! mon Fils. . . .

BRUTUS.

   Sais-tu bien qu'il y va de ta vie?

Sais-tu que le Sénat n'a point de vrai Romain,

Qui n'afpire en fecret à te percer le fein?

    Il fe jette à fes genoux.

Que le falut de Rome, & que le tien te touche,

Ton Génie allarmé te parle par ma bouche:

Il me pouffe, il me preffe, il me jette à tes pieds.

Céfar, au nom des Dieux dans ton cœur oubliés,

Au nom de tes vertus, de Rome, & de toi-même,

Dirai-je, au nom d'un Fils, qui frémit, & qui
  t'aime,

Qui te préfére au Monde, & Rome feule à toi,

Ne me rebute pas.

      CE-

C E' S A R.

Malheureux, laisse-moi!

Que me veux-tu?

B R U T U S.

Crois-moi, ne sois point insensible.

C E' S A R.

L'Univers peut changer; mon ame est infléxible.

B R U T U S.

Voilà donc ta réponse?

C E' S A R.

Oui. Tout est résolu.
Rome doit obéïr, quand Céfar a voulu.

B R U T U S *d'un air consterné.*

Adieu, Céfar.

C E' S A R.

Eh, quoi! d'où viennent tes allarmes?
Demeure encor mon Fils. Quoi! tu verfés des
      larmes?
Quoi! Brutus peut pleurer! Eft-ce d'avoir un Roi?
Pleures-tu les Romains?

B R U.

BRUTUS.

Je ne pleure que toi.
Adieu, te dis-je.

CE'SAR.

O Rome! ô rigueur héroïque!
Que ne puis-je à ce point aimer ma République!

SCE'NE V.

CE'SAR, DOLABELLA, ROMAINS.

DOLABELLA.

L E Sénat par ton Ordre au Temple est arrivé:
On n'attend plus que toi: le Trône est élevé.
Tous ceux qui t'ont vendu leur vie, & leurs suf-
frages,
Vont prodiguer l'Encens au pié de tes Images:
J'amene devant toi la foule des Romains;
Le Sénat va fixer leurs esprits incertains.
Mais si César croyoit un vieux Soldat qui l'aime,
Nos présages affreux, nos Devins, nos Dieux
même,
César différeroit ce grand événement.

CE-

CE'SAR.

Quoi ! lorfqu'il faut régner, différer d'un moment !
Qui pourroit m'arrêter, moi ?

DOLABELLA.

Toute la Nature
Confpire à t'avertir par un finiftre augure ;
Le Ciel qui fait les Rois, redoute ton trépas.

CE'SAR.

Va : Céfar n'eft qu'un homme, & je ne penfe pas
Que le Ciel de mon fort à ce point s'inquiette :
Qu'il anime pour moi la Nature muette,
Et que les Elémens paroiffent confondus,
Pour qu'un mortel ici refpire un jour de plus.
Les Dieux du haut du Ciel ont compté nos années,
Suivons fans reculer nos hautes deftinées.
Céfar n'a rien à craindre.

DOLABELLA.

Il a des Ennemis,
Qui fous un joug nouveau font à peine affervis.
Qui fait s'ils n'auroient point confpiré leur ven-
geance ?

C E'-

CE'SAR.

Ils n'oferoient.

DOLABELLA.

Ton cœur a trop de confiance.

CE'SAR.

Tant de précautions contre mon jour fatal
Me rendroient méprifable , & me défendroient
  mal.

DOLABELLA.

Pour le falut de Rome, il faut que Céfar vive,
Dans le Sénat au moins, permets que je te fuive.

CE'SAR.

Non , pourquoi changer l'ordre entre nous con-
  certé ?
N'avançons point, Ami, le moment arrêté,
Qui change fes deffeins découvre fa foibleffe.

DOLABELLA.

Je te quitte à regret. Je crains, je le confeffe.
Ce nouveau mouvement dans mon cœur eft trop
  fort.

CE'SAR.

Va, j'aime mieux mourir, que de craindre la mort.
Allons.

SCE-

SCENE VI.

DOLABELLA, ROMAINS.

DOLABELLA.

CHers Citoyens, quel Héros, quel courage
De lâ Terre & de Vous méritoit mieux l'hommage?
Joignez vos vœux aux miens, Peuples qui l'admirez,
Confirmez les honneurs qui lui font préparés.
Vivez pour le fervir, mourez pour le défendre....
Quelles clameurs, ô Ciel! quels cris fe font entendre!

LES CONJURE'S *derriére le Théâtre.*

Meurs, expire, Tyran. Courage, Caffius.

DOLABELLA.

Ah! courons le fauver.

SCE'.

SCE'NE VII.

CASSIUS *un poignard à la main*,
DOLABELLA, ROMAINS.

CASSIUS.

C'En eſt fait, il n'eſt plus.

DOLABELLA.

Peuples, ſecondez moi, frappons, perçons ce
Traître.

CASSIUS.

Peuples, imitez moi: vous n'avez plus de Maître.
Nation de Héros, Vainqueurs de l'Univers,
Vive la Liberté, ma main briſe vos fers.

DOLABELLA *au Peuple.*

Vous trahiſſez, Romains, le ſang de ce grand
Homme!

CASSIUS.

J'ai tué mon ami pour le ſalut de Rome.
Il vous aſſervit tous, ſon ſang eſt répandu.
Eſt-il quelqu'un de vous de ſi peu de vertu,

D'un

D'un efprit fi rampant, d'un fi foible courage,
Qu'il puiffe regretter Céfar & l'efclavage?
Quel eft ce vil Romain qui veut avoir un Roi?
S'il en eft un, qu'il parle, & qu'il fe plaigne à moi.
Mais vous m'applaudiffez, vous aimez tous la gloire.

ROMAINS.

Céfar fut un Tyran, périffe fa mémoire.

CASSIUS.

Maîtres du Monde entier, de Rome heureux En-
    fans,
Confervez à jamais ces nobles fentimens.
Je fais que devant vous Antoine va paroître,
Amis, fouvenez-vous que Céfar fut fon Maître;
Qu'il a fervi fous lui dès fes plus jeunes ans,
Dans l'Ecôle du crime & dans l'art des Tyrans.
Il vient juftifier fon Maître & fon Empire,
Il vous méprife affez pour penfer vous féduire.
Sans doute il peut ici faire entendre fa voix;
Telle eft la Loi de Rome, & j'obéïs aux Loix.
Le Peuple eft deformais leur organe fuprême,
Le Juge de Céfar, d'Antoine, de moi-même,
Vous rentrez dans vos droits indignement perdus,
Céfar vous les ravit, je vous les ai rendus:
Je les veux affermir, je rentre au Capitole;

        X   Bru-

Brutus eſt au Sénat; il m'attend & j'y vole.

Je vais avec Brutus en ces murs deſolez,

Rappeler la Juſtice & nos Dieux exilez:

Etouffer des Méchans les fureurs inteſtines;

Et de la Liberté réparer les ruïnes.

Vous, Romains, ſeulement conſentez d'être heu‑
reux:

Ne vous trahiſſez pas, c'eſt tout ce que je veux;

Redoutez tout d'Antoine, & ſur-tout l'artifice.

ROMAINS.

S'il vous oſe accuſer, que lui-même il périſſe.

CASSIUS.

Souvenez-vous, Romains, de ces ſermens ſacrez.

ROMAINS.

Aux Vengeurs de l'Etat, nos cœurs ſont aſſûrés;

SCÉ‑

S C E' N E VIII.

ANTOINE, ROMAINS,
DOLABELLA.

UN ROMAIN.

Mais Antoine paroît,

AUTRE ROMAIN.

Qu'osera-t-il nous dire.

UN ROMAIN.

Ses yeux versent des pleurs, il se trouble, il sou-
pire.

UN AUTRE.

Il aimoit trop César.

ANTOINE

Montant à la Tribune aux Harangues.

Oui je l'aimois, Romains,
Oui j'aurois de mes jours prolongé ses destins.
Hélas! vous avez tous pensé comme moi-même.
Et lorsque de son front ôtant le Diadême,
Ce Héros à vos Loix s'immoloit aujourd'hui,

Qui

Qui de vous en effet n'eût expiré pour lui ?
Hélas ! je ne viens point célébrer fa mémoire,
La voix du Monde entier parle affez de fa gloire ;
Mais de mon defefpoir ayez quelque pitié,
Et pardonnez du moins des pleurs à l'amitié.

UN ROMAIN.

Il les faloit verfer quand Rome avoit un Maître.
Céfar fut un Héros, mais Céfar fut un Traître.

AUTRE ROMAIN.

Puifqu'il étoit Tyran, il n'eut point de vertus ;
Et nous approuvons tous Caffius & Brutus.

ANTOINE.

Contre fes Meurtriers, je n'ai rien à vous dire,
C'eft à fervir l'Etat que leur grand cœur afpire,
De votre Dictateur ils ont percé le flanc,
Comblés de fes bienfaits ils font teints de fon fang ;
Pour forcer des Romains à ce coup détestable
Sans doute il falloit bien que Céfar fût coupable.
Je le crois. Mais enfin Céfar a-t il jamais
De fon pouvoir fur vous appefanti le faix ?
A-t-il gardé pour lui le fruit de fes Conquêtes ?
Des dépouilles du Monde il couronnoit vos têtes.

Tout

Tout l'Or des Nations qui tomboient fous fes
    coups,

Tout le prix de fon fang fut prodigué pour vous.

De fon Char de Triomphe il voioit vos allarmes;

Céfar en defcendoit pour effuyer vos larmes.

Du Monde qu'il foumit, vous triomphez en paix,

Puiffants par fon courage, heureux par fes bienfaits.

Il payoit le fervice, il pardonnoit l'outrage.

Vous le favez, Grands Dieux ! vous dont il fut
    l'image;

Vous, Dieux, qui lui laiffiez le Monde à gouver-
    ner,

Vous favez, fi fon cœur aimoit à pardonner.

R O M A I N S.

Il eft vrai que Céfar fit aimer fa clémence.

A N T O I N E.

Hélas! fi fa grande ame eût connu la vengeance,

Il vivroit & fa vie eût rempli nos fouhaits.

Sur tous fes Meurtriers il verfa fes bienfaits.

Deux fois à Caffius il conferva la vie,

Brutus ... où fuis-je? ô Ciel! ô crime! ô barbarie!

Chers amis, je fuccombe, & mes fens interdits...

Brutus fon Affaffin ... ce Monftre étoit fon Fils.

ROMAINS.

Ah Dieux!

ANTOINE.

Je vois frémir vos généreux courages
Amis, je vois les pleurs qui mouillent vos visages.
Oui Brutus est son Fils, mais vous qui m'écoutez
Vous étiez ses Enfans dans son cœur adoptés.
Hélas! Si vous saviez sa volonté derniére!

ROMAINS.

Quelle est-elle? parlez.

ANTOINE.

Rome est son héritiére.
Ses trésors font vos biens, vous en allez jouïr;
Au-delà du tombeau César veut vous servir.
C'est vous seuls qu'il aimoit, c'est pour vous qu'en
Asie
Il alloit prodiguer sa fortune & sa vie.
O Romains, disoit-il, Peuple Roi que je sers,
Commandez à César, César à l'Univers.
Brutus ou Cassius eût-il fait d'avantage?

ROMAINS.

Ah! nous les détestons. Ce doute nous outrage.

UN

UN ROMAIN.

Céfar fut en effet le Pere de l'Etat.

ANTOINE.

Votre Pere n'eft plus ; un lâche affaffinat
Vient de trancher ici les jours de ce grand Homme,
L'honneur de la Nature & la gloire de Rome.
Romains priverez-vous des honneurs du Bucher
Ce Pére, cet Ami, qui vous étoit fi cher ?
On l'apporte à vos yeux.

Le fond du Théâtre s'ouvre, des Lifteurs apportent le Corps de Céfar, couvert d'une Robe fanglante ; Antoine defcend de la Tribune & fe jette à genoux auprès du corps.

ROMAINS.

O fpectacle funefte !

ANTOINE.

Du plus grand des Romains voilà ce qui vous refte :
Voilà ce Dieu vangeur idolâtré par vous,
Que fes Affaffins même adoroient à genoux ;
Qui toujours votre appui dans la paix dans la guerre,

X 4　　　　　　Une

Une heure auparavant faifoit trembler la Terre.

Qui devoit enchaîner Babylône à fon Char;

Amis, en cet état connoiffez-vous Céfar?

Vous les voyez, Romains, vous touchez ces blef-
fures,

Ce fang qu'ont fous vous yeux verfé des mains par-
jures.

,, Là, Cimber l'a frappé; là, fur le grand Céfar,

,, Caffius & Décime enfonçoient leur poignard.

,, Là, Brutus éperdu, Brutus l'ame égarée,

,, A fouillé dans fes flancs fa main dénaturée,

,, Céfar le regardant d'un œil tranquille & doux

,, Lui pardonnoit encor en tombant fous fes coups.

,, Il l'appelloit fon Fils; & ce nom cher & tendre

,, Eft le feul qu'en mourant, Céfar ait fait entendre,

,, O mon Fils! difoit-il.

UN ROMAIN.

O monftre, que les Dieux
Devoient exterminer avant ce coup affreux!

*Autres Romains en regardant le
corps dont ils font proche.*

Dieux! fon fang coule encore.

A N.

ANTOINE.

Il demande vengeance :
Il l'attend de vos mains & de votre vaillance.
Entendez-vous fa voix? Réveillez-vous Romains;
Marchez, fuivez-moi tous contre fes Affaffins.
Ce font-là les honneurs qu'à Céfar on doit rendre.
Des brandons du Bucher qui va le mettre en cen-
dre
Embrafons les Palais de ces fiers Conjurés:
Enfonçons dans leur fein nos bras defefpérés
Venez, dignes Amis, venez Vangeurs des crimes,
Au Dieu de la Patrie immoler ces Victimes.

ROMAINS.

Oui, nous les punirons ; oui, nous fuivrons vos
pas,
Nous jurons par fon fang de vanger font trépas;
Courons.

ANTOINE à DOLABELLA.

Ne Laiffons pas leur fureur inutile,
Précipitons ce Peuple inconftant & facile;
Entraînons-le à la guerre & fans rien ménager,
Succédons à Céfar, en courant le vanger.

Fin du troifième & dernier Acte.

X 5   L'IN-

L'INDISCRET,

COMÉDIE.

A MADAME
LA MARQUISE
DE PRIE.

Vous, qui possedez la beauté
Sans être vaine, ni coquette,
Et l'extrême vivacité,
Sans être jamais indiscrette:
Vous, à qui donnérent les Dieux
Tant de lumieres naturelles,
Un esprit juste, gracieux,
Solide dans le sérieux,
Et charmant dans les bagatelles;
Souffrez, qu'on présente à vos yeux
L'aventure d'un téméraire,

Qui

Qui perd ce qu'il aime le mieux,
Pour s'être vanté de trop plaire.

Si l'Héroïne de la Pièce,
PRIE, eût eu votre beauté,
On excuferoit la foiblesse
Qu'il eut de s'être un peu vanté.
Quel Amant ne seroit tenté
De parler de telle Maîtresse
Par un excès de vanité,
Ou par un excès de tendresse?

A C.

ACTEURS.

EUPHE'MIE.

DAMIS.

HORTENSE.

TRASIMON..

CLITANDRE.

NE'RINE.

PASQUIN.

Plusieurs Laquais de Damis.

L'INDISCRET COMEDIE.

C. de Putter f[ec.] 1732.

L'INDISCRET,

COMÉDIE.

SCENE I.

EUPHÉMIE, DAMIS.

EUPHÉMIE.

'Attendez pas, mon Fils, qu'avec un ton
    févére
Je déploie à vos yeux l'autorité de
    Mere.

Toujours prête à me rendre à vos juftes raifons,

Je vous donne un confeil, & non pas des leçons.

C'eft mon cœur qui vous parle ; & mon expérience

Fait que ce cœur pour vous fe trouble par avance.

Depuis deux mois au plus vous êtes à la Cour,

Vous ne connoiffez pas ce dangereux féjour.

Sur un nouveau venu le Courtifan perfide

Y

Avec

Avec malignité jette un regard avide;

Pénétre ses défauts, & dès le premier jour,

Sans pitié le condamne, & même sans retour.

Craignez de ces Messieurs la malice profonde.

Le premier pas, mon Fils, que l'on fait dans le
    monde,

Est celui dont dépend le reste de nos jours.

Ridicule une fois, on vous le croit toujours.

L'impression demeure. En vain croissant en âge,

On change de conduite, on prend un air plus sage.

On souffre encor long-tems de ce vieux préjugé:

On est suspect encor, lorsqu'on est corrigé;

Et j'ai vu quelquefois payer dans la vieillesse

Le tribut des défauts, qu'on eut dans la jeunesse.

Connoissez donc le monde, & songez qu'aujour-
    d'hui

Il faut que vous viviez pour vous, moins que pour
    lui.

DAMIS.

Je ne sais où peut tendre un si long préambule.

EUPHÉMIE.

Je vois qu'il vous paroît injuste & ridicule.

Vous méprisez des soins pour vous bien importans,

Vous m'en croirez un jour: il n'en fera plus tems.

Vous êtes indiscret. Ma trop longue indulgence

Par.

Pardonna ce défaut au feu de votre enfance,
Dans un âge plus mûr, il cause ma fraïeur :
Vous avez des talens, de l'esprit, & du cœur ;
Mais croïez qu'en ce lieu tout rempli d'injustices,
Il n'est point de vertu, qui rachete les vices,
Qu'on cite nos défauts en toute occasion,
Que le pire de tous est l'indiscrétion,
Et qu'à la Cour, mon Fils, l'Art le plus nécessaire
N'est pas de bien parler, mais de savoir se taire.
Ce n'est pas en ce lieu, que la societé
Permet ces entretiens remplis de liberté ;
Le plus souvent ici l'on parle sans rien dire,
Et les plus ennuyeux savent s'y mieux conduire.
Je connois cette Cour : on peut fort la blâmer ;
Mais lorsqu'on y demeure il faut s'y conformer.
Pour les Femmes sur-tout, plein d'un égard extrê-
　　me,
Parlez en rarement, encor moins de vous-même.
Paroissez ignorer ce qu'on fait, ce qu'on dit,
Cachez vos sentimens, & même votre esprit :
Sur-tout de vos secrets soyez toujours le maître :
Qui dit celui d'autrui, doit passer pour un traître ;
Qui dit le sien, mon Fils, passe ici pour un sot,
Qu'avez-vous à répondre à cela ?

　　　　　D A-

DAMIS.

Pas le mot.

Je fuis de votre avis: je hais le caractère
De quiconque n'a pas le pouvoir de fe taire;
Ce n'est pas là mon vice; & loin d'être entiché
Du défaut qui par vous m'est ici reproché,
Je vous avoue enfin, Madame, en confidence,
Qu'avec vous trop long-tems j'ai gardé le filence
Sur un fait, dont pourtant j'aurois du vous parler;
Mais fouvent dans la vie il faut diffimuler.
Je fuis Amant aimé d'une Veuve adorable,
Jeune, charmante, riche, auffi fage qu'aimable,
C'est Hortenfe. A ce nom, jugez de mon bonheur,
Jugez, s'il étoit fu, de la vive douleur
De tous nos Courtifans, qui foupirent pour elle.
Nous leur cachons à tous notre ardeur mutuelle.
L'amour depuis deux jours a ferré ce lien,
Depuis deux jours entiers, & vous n'en favez rien.

EUPHÉMIE.

Mais j'étois à Paris depuis deux jours.

DAMIS.

Madame,
On n'a jamais brûlé d'une fi belle flâme.

Plus

Plus l'aveu vous en plaît , plus mon cœur eſt content ,
Et mon bonheur s'augmente en vous le racontant.

E U P H E' M I E.

Je ſuis ſûre , Damis , que cette confidence
Vient de votre amitié , non de votre imprudence.

D A M I S.

En doutez vous ?

E U P H E' M I E.

   Eh ! eh !... mais enfin entre nous ,
Songez au vrai bonheur , qui vient s'offrir à vous.
Hortenſe à des apas ; mais de plus cette Hortenſe ,
Eſt le meilleur Parti qui ſoit pour vous en France.

D A M I S.

Je le ſai.

E U P H E' M I E.

D'elle ſeule elle reçoit des loix ,
Et le don de ſa main dépendra de ſon choix.

D A M I S.

Et tant mieux.

E U P H E' M I E.

Vous ſaurez flatter ſon caractère ,

  Y 3   Mê.

Ménager son esprit.

DAMIS.

Je fais mieux, je sai plaire.

EUPHE'MIE.

C'est bien dit ; mais, Damis, elle fuït les éclats,
Et les airs trop bruïans ne l'accommodent pas.
Elle peut, comme une autre, avoir quelque foi-
    blesse ;
Mais jusques dans ses goûts elle a de la sagesse,
Craint sur-tout de se voir en spectacle à la Cour,
Et d'être le sujet de l'histoire du jour.
Le secret, le mystère est tout ce qui la flatte.

DAMIS.

Il faudra bien pourtant qu'enfin la chose éclatte.

EUPHE'MIE.

Mais près d'elle en un mot quel sort vous a pro-
    duit ?
Nul jeune homme jamais n'est chez elle introduit.
Elle fuït avec soin, en personne prudente,
De nos jeunes Seigneurs la cohue éclatante.

DAMIS.

Ma foi chez elle encor je ne suis point reçu,
Je l'ai long-tems lorgnée, & grace au Ciel j'ai plu.

D'a-

D'abord elle rendit mes Billets fans les lire;
Bien-tôt elle les lut, & daigne enfin m'écrire.
Depuis près de deux jours je goûte un doux efpoir;
Et je dois en un mot l'entretenir ce foir.

E U P H E' M I E.

Eh bien, je veux auffi l'aller trouver moi-même.
La Mere d'un Amant qui nous plaît, qui nous aime,
Eft toujours que je croi reçue avec plaifir.
De vous adroitement je veux l'entretenir,
Et difpofer fon cœur à preffer l'hymenée,
Qui fera le bonheur de votre deftinée.
Obtenez au plutôt & fa main, & fa foi.
Je vous y fervirai, mais n'en parlez qu'à moi.

D A M I S.

Non, il n'eft point ailleurs, Madame, je vous jure,
Une Mere plus tendre, une amitié plus pure;
A vous plaire à jamais je borne tous mes vœux.

E U P H E' M I E.

Soyez heureux, mon Fils, c'eft tout ce que je
    veux.

Y 4

❋❋❋❋❋❋❋❋❋❋❋❋❋❋❋❋❋❋❋❋❋❋

SCENE II.

DAMIS *seul.*

MA Mere n'a point tort, je fai bien qu'en ce
  monde
Il faut, pour réuffir, une adreffe profonde.
Hors dix ou douze Amis, à qui je puis parler,
Avec toute la Cour je vais diffimuler.
Ca pour mieux effayer cette prudence extrême,
De nos fecrets ici ne parlons qu'à nous-même.
Examinons un peu fans témoins, fans jaloux,
Tout ce que la Fortune a prodigué pour nous.
Je fuis dans une Cour, qu'une Reine nouvelle
Va rendre plus brillante, & plus vive & plus belle.
Je ne fuis pas trop vain; mais entre nous je croi
Avoir tout-à-fait l'air d'un favori du Roi.
Je fuis jeune, affez beau, vif, galant, fait à pein-
  dre,
Je fai plaire au beau Sexe, & fur-tout je fai feindre.
Colonel à treize ans, je penfe avec raifon,
Que l'on peut à trente ans m'honorer d'un bâton.
Heureux en ce moment, heureux en efpérance,
Je garderai Julie, & vais avoir Hortenfe.

Pof-

Poſſeſſeur une fois de toutes ſes beautez,

Je lui ferai par jour vingt infidélitez ;

Mais ſans troubler en rien la douceur du ménage,

Sans être ſoupçonné, ſans paroître volage,

Avec cet air aiſé, que j'attrape ſi bien,

Je vais être de plus maître d'un très-gros bien.

Ah ! que je vais tenir une table excellente !

Hortenſe a bien, je crois, cent mille francs de rente.

J'en aurai tout autant ; mais d'un bien clair & net.

Que je vais deſormais couper au Lanſquenet !

S C E N E   III.

DAMIS, TRASIMON.

DAMIS.

EH ! bonjour, Commandeur.

T R A S I M O N.

Aye ! ouf ! on m'eſtropie...

D A M I S.

Embraſſons-nous encor, Commandeur, je te prie.

TRASIMON.

Souffrez...

DAMIS.

Que je t'étouffe une troisième fois.

TRASIMON.

Mais quoi?

DAMIS.

Déride un peu ce renfrogné minois.
Réjouïs-toi, je suis le plus heureux des hommes.

TRASIMON.

Je venois pour vous dire...

DAMIS.

Oh! parbleu tu m'affommes,
Avec ce front glacé que tu portes ici.

TRASIMON.

Mais je ne prétens pas vous réjouir auffi.
Vous avez fur les bras une fâcheufe affaire.

DAMIS.

Eh! eh! pas fi fâcheufe.

TRA-

T R A S I M O N.

Erminie & Valére

Contre vous en ces lieux déclament hautement:

Vous avez parlé d'eux un peu legérement;

Et même depuis peu le vieux Seigneur Horace

M'a prié…

D A M I S.

Voilà bien de quoi je m'embarraſſe.

Horace eſt un vieux fou , plutôt qu'un vieux Seigneur,

Tout chamarré d'orgueil, pétri d'un faux honneur,

Aſſez bas à la Cour, important à la Ville,

Et non moins ignorant, qu'il veut paroître habile.

Pour Madame Erminie on ſait aſſez comment

Je l'ai priſe & quittée un peu trop bruſquement.

Qu'elle eſt aigre , Erminie , & qu'elle eſt tracaſ-
ſiére!

Pour ſon petit Amant mon cher Ami Valére,

Tu le connois un peu: parle; as-tu jamais vu

Un eſprit plus guindé, plus gauche, plus tortu…

A propos, on m'a dit hier en confidence,

Que ſon grand Frere aîné , cet homme d'impor-
tance,

Eſt reçu chez Clarice avec quelque faveur,

Que la groſſe Comteſſe en creve de douleur.

Et

Et toi, vieux Commandeur, comment va la tendreſſe ?

TRASIMON.

Vous ſavez que le Sexe aſſez peu m'intereſſe.

DAMIS.

Je ne ſuis pas de même, & le Sexe, ma foi,
A la Ville, à la Cour, me donne aſſez d'emploi.
Ecoute, il faut ici que mon cœur te confie
Un ſecret dont dépend le bonheur de ma vie.

TRASIMON.

Puis-je vous y ſervir.

DAMIS.

Toi ? point du tout.

TRASIMON.

Eh bien,
Damis, s'il eſt ainſi ne m'en dites donc rien.

DAMIS.

Le droit de l'amitié...

TRASIMON.

C'eſt cette amitié même
Qui me fait éviter avec un ſoin extrême
Le fardeau d'un ſecret au haſard confié,

Qu'on

Qu'on me dit par foibleffe, & non par amitié ;
Dont tout autre que moi feroit dépofitaire,
Qui de mille foupçons eft la fource ordinaire,
Et qui peut nous combler de honte & de dépit,
Moi d'en avoir trop fu, vous d'en avoir trop dit.

DAMIS.

Malgré-toi, Commandeur, quoique tu puiffes dire,
Pour te faire plaifir je veux du moins te lire
Le Billet qu'aujourd'hui...

TRASIMON.

       Par quel empreffement...

DAMIS.

Ah! tu le trouveras écrit bien tendrement.

TRASIMON.

Puifque vous le voulez enfin....

DAMIS.

       C'eft l'Amour même,
Ma foi, qui l'a dicté. Tu verras comme on m'aime.
La main qui me l'écrit, le rend d'un prix ... vois-
tu...

Mais d'un prix ... eh! morbleu, je crois l'avoir
perdu...

Je ne le trouve point... Holà, la Fleur, la Brie?

                SCE-

SCÈNE IV.

DAMIS, TRASIMON, *plusieurs Laquais.*

Un Laquais.

MOnseigneur?

DAMIS.

Remontez vîte à la Gallerie,
Retournez chez tous ceux que j'ai vu ce matin:
Allez chez ce vieux Duc ... ah! je le trouve enfin.
Ces Marauds l'ont mis là par pure étourderie.

A ses Gens.

Laissez-nous. Commandeur, écoute, je te prie.

SCÈNE V.

DAMIS, TRASIMON, CLITANDRE, PASQUIN.

CLITANDRE *à Pasquin, tenant un Billet à la main.*

OUi, tout le long du jour, demeure en ce Jardin:

Ob

Obſerve tout: voi tout: redis-moi tout, Paſquin;

Rends-moi compte , en un mot , de tous les pas
  d'Hortenſe.

S C E' N E   VI.

DAMIS, TRASIMON, CLITANDRE.

C L I T A N D R E.

AH! je ſaurai...

D A M I S.

  Voici le Marquis qui s'avance.

Bonjour, Marquis.

C L I T A N D R E.

Bonjour.

D A M I S.

   Qu'as-tu donc aujourd'hui?

Sur ton front à longs traits qui diable à peint l'ennui?

Tout le monde m'aborde avec un air ſi morne,

Que je crois...

      C L I.

CLITANDRE *bas.*

Ma douleur, hélas! n'a point de borne.

DAMIS.

Que marmotes-tu là!

CLITANDRE *bas.*

Que je fuis malheureux!

DAMIS.

Çà, pour vous égaïer, pour vous plaire à tous deux,
Le Marquis entendra le Billet de ma Belle.

CLITANDRE *bas, en regardant le Billet
qu'il a entre les mains.*

Quel congé! quelle Lettre! Hortenfe ... ah! la
cruelle!

DAMIS *à Clitandre.*

C'eft un Billet à faire expirer un Jaloux.

CLITANDRE.

Si vous êtes aimé, que votre fort eft doux!

DAMIS.

Il le faut avouer, les Femmes de la Ville,
Ma foi, ne favent point écrire de ce ftile.

Il lit. -

„ Enfin je céde aux feux dont mon cœur eft épris;

„ Je

„ Je voulois le cacher ; mais j'aime à vous le dire.

„ Eh! pourquoi ne vous point écrire

„ Ce que cent fois mes yeux vous ont fans doute
     appris?

„ Oui, mon cher Damis, je vous aime,

„ D'autant plus que mon cœur peu propre à s'en-
     flâmer,

„ Craignant votre jeuneffe, & fe craignant lui-
     même,

„ A fait ce qu'il a pu pour ne vous point aimer.

„ Puiffai-je, après l'aveu d'une telle foibleffe,

    „ Ne me la jamais reprocher !

     „ Plus je vous montre ma tendreffe,

„ Et plus à tous les yeux vous devez la cacher.

T R A S I M O N.

Vous prenez très-grand foin d'obéïr à la Dame,
Sans doute; & vous brûlez d'une difcrete flâme.

C L I T A N D R E.

Heureux, qui d'une femme adorant les appas,
Reçoit de tels Billets, & ne les montre pas.

D A M I S.

Vous trouvez donc la Lettre...

Z   TRA

TRASIMON.

Un peu forte.

CLITANDRE.

Adorable.

DAMIS.

Celle qui me l'écrit eſt cent fois plus aimable.
Que vous feriez charmez, ſi vous ſaviez ſon nom!
Mais dans ce monde il faut de la diſcrétion.

TRASIMON.

Oh! nous n'éxigeons point de telle confidence.

CLITANDRE.

Damis, nous nous aimons; mais c'eſt avec prudence.

TRASIMON.

Loin de vouloir ici vous forcer de parler...

DAMIS.

Non, je vous aime trop, pour rien diſſimuler.
Je vois que vous penſez, & la Cour le publie,
Que je n'ai d'autre affaire ici qu'avec Julie.

CLITANDRE.

Il eſt vrai qu'on le dit.

D A-

DAMIS.

On a quelque raifon,
Mais vous auriez de moi méchante opinion,
Si je me contentois d'une feule Maîtreffe.
J'aurois trop à rougir de pareille foibleffe.
A Julie en public je parois attaché;
Mais, par ma foi, j'en fuis très-foiblement touché.

TRASIMON.

Ou fort, ou foiblement, il ne m'importe guère.

DAMIS.

La Julie eft coquette, & paroît bien legére.
L'autre eft très-différente; & c'eft folidement
Que je l'aime.

CLITANDRE.

Enfin donc cet objet fi charmant...

DAMIS.

Vous m'y forcez , allons, il faut bien vous l'ap-
    prendre.
Regarde ce Portrait, mon cher ami Clitandre.
Cà, dis-moi, fi jamais tu vis de tes deux yeux
Rien de plus adorable , & de plus gracieux.
C'eft Macé qui l'a peint, c'eft tout dire, & je penfe

Que

Que tu reconnoîtras...

CLITANDRE.

Juſte Ciel! c'eſt Hortenſe?

DAMIS.

Pourquoi t'en étonner?

TRASIMON.

Vous oubliez, Monſieur,
Qu'Hortenſe eſt ma Couſine, & chérit ſon honneur:
Et qu'un pareil aveu...

DAMIS.

Vous nous la donnez bonne.
J'ai ſix Couſines, moi, que je vous abandonne:
Et je vous les verrois lorgner, tromper, quitter,
Imprimer leurs Billets, ſans m'en inquiéter.
Il nous feroit beau voir, dans nos humeurs cha-
grines,
Prendre avec ſoin ſur nous l'honneur de nos Cou-
ſines.
Nous aurions trop à faire à la Cour; &, ma foi,
C'eſt aſſez que chacun réponde ici pour ſoi.

TRASIMON.

Mais Hortenſe, Monſieur...

D A·

DAMIS.

Eh bien, oui, je l'adore.

Elle n'aime que moi, je vous le dis encore:
Et je l'époufierai, pour vous faire enrager.

CLITANDRE *à part.*

Ah! plus cruellement pouvoit-on m'outrager?

DAMIS.

Nos nôces, croyez-moi, ne feront point fecretes;
Et vous n'en ferez pas, tout Coufin que vous êtes.

TRASIMON.

Adieu, Monfieur Damis, on peut vous faire voir,
Que fur une Coufine on a quelque pouvoir.

═══════════════════════════

SCENE VII.

DAMIS, CLITANDRE.

DAMIS.

QUe je hais ce Cenfeur, & fon air pédantes-
que,
Et tous ces faux éclats de vertu romanefque!
Qu'il eft fec! qu'il eft brute & qu'il eft ennuyeux!

Z 3   Mais

Mais tu vois ce Portrait d'un œil bien curieux.

CLITANDRE *à part.*

Comme ici de moi même il faut que je fois maître!
Qu'il faut diffimuler!

DAMIS.

Tu remarques peut-être
Qu'au coin de cette Boëte il manque un des Brillans.

Mais tu fais que la Chaffe hier dura long-tems.

A tout moment on tombe, on fe heurte, on s'ac-
croche.

J'avois quatre Portraits balottez dans ma poche.

Celui-ci par malheur fut un peu maltraité.

La Boëte s'eft rompue; un Brillant a fauté.

Parbleu, puifque demain tu t'en vas à la Ville,

Paffe un peu chez Rondet: il eft cher; mais habile.

Choifi, comme pour toi, l'un de fes Diamans.

Je lui dois, entre nous, plus de vingt mille francs.

Adieu: ne montre au moins ce Portrait à perfonne.

CLITANDRE *à part.*

Où fuis-je?

DAMIS.

Adieu, Marquis, à toi je m'abandonne.

Sois

Sois diſcret.

C L I T A N D R E *à part.*

Se peut-il?...

D A M I S *revenant.*

J'aime un ami prudent.

Va, de tous mes ſecrets tu ſeras confident.
Eh! peut-on poſſéder ce que le cœur deſire,
Etre heureux, & n'avoir perſonne à qui le dire?
Peut-on garder pour ſoi, comme un dépôt ſacré,
L'inſipide plaiſir d'un amour ignoré?
C'eſt n'avoir point d'amis qu'être ſans confiance.
C'eſt n'être point heureux que de l'être en ſilence.
Tu n'as vu qu'un Portrait, & qu'un ſeul Billet
doux...

C L I T A N D R E.

Eh bien?

D A M I S.

L'on m'a donné, mon cher, un rendez-vous.

C L I T A N D R E *à part.*

Ah! je frémis.

D A M I S.

Ce ſoir, pendant le Bal qu'on donne,

Z 4

Je

Je dois, fans être vu, ni fuivi de perfonne,
Entretenir Hortenfe ici, dans ce Jardin.

CLITANDRE *feul.*

Voici le dernier coup. Ah! je fuccombe enfin.

DAMIS.

Là, n'ès-tu pas charmé de ma bonne fortune?

CLITANDRE.

Hortenfe doit vous voir?

DAMIS.

        Oui, mon cher, fur la brune
Mais le Soleil qui baiffe, amene ces momens,
Ces momens fortunez defirés fi long-tems.
Adieu. Je vais chez toi rajufter ma parure,
De deux livres de poudre orner ma chevelure,
De cent parfums exquis mêler la douce odeur:
Puis paré, triomphant, tout plein de mon bonheur,
Je reviendrai foudain finir notre aventure.
Toi, rode près d'ici, Marquis, je t'en conjure.
Pour te faire un peu part de ces plaifirs fi doux,
Je te donne le foin d'écarter les jaloux.

SCE-

✣✣✣✣✣✣✣✣✣✣✣✣✣✣

SCÈNE VIII.

CLITANDRE *seul.*

AI-je affez retenu mon trouble & ma colére?
  Hélas! après un an de mon amour fincére,
Hortenfe en ma faveur enfin s'attendriffoit;
Las de me réfifter, fon cœur s'amoliffoit.
Damis en un moment la voit, l'aime, & fait plaire,
Ce que n'ont pu deux ans, un moment l'a fu faire:
On le prévient. On donne à ce jeune éventé
Ce Portrait que ma flâme avoit tant mérité.
Il reçoit une Lettre... Ah! celle qui l'envoye
Par un pareil Billet m'eût fait mourir de joye:
Et pour combler l'affront, dont je fuis outragé;
Ce matin par écrit j'ai reçu mon congé.
De cet écervelé la voilà donc coëffée!
Elle veut à mes yeux, lui fervir de trophée:
Hortenfe, ah! que mon cœur vous connoiffoit
    bien mal!

SCE·

SCE'NE IX.

CLITANDRE, PASQUIN.

CLITANDRE.

ENfin, mon cher Pafquin, j'ai trouvé mon Rival.

PASQUIN.

Hélas! Monfieur, tant pis.

CLITANDRE.

C'eft Damis que l'on aime;
Oui, c'eft cet étourdi.

PASQUIN.

Qui vous l'a dit?

CLITANDRE.

Lui-même.
L'indifcret à mes yeux de trop d'orgueil enflé,
Vient fe vanter à moi du bien qu'il m'a volé.
Voi ce Portrait, Pafquin. C'eft par vanité pure,
Qu'il confie à mes mains cette aimable peinture.
C'eft pour mieux triompher. Hortenfe! eh! qui
l'eût cru

Que

Que jamais près de vous Damis m'auroit perdu?

PASQUIN.

Damis eſt bien joli.

CLITANDRE *prenant Paſquin à la gorge.*

  Comment ? tu prétends, traître,

Qu'un jeune fat...

PASQUIN.

  Aye, ouf! il eſt vrai que peut-être...

Eh! ne m'étranglez pas. Il n'a que du caquet...

Mais ſon air... entre nous, c'eſt un vrai freluquet.

CLITANDRE.

Tout freluquet qu'il eſt, c'eſt lui qu'on me préfére.

Il faut montrer ici ton adreſſe ordinaire,

Paſquin, pendant le Bal que l'on donne ce ſoir,

Hortenſe & mon Rival doivent ici ſe voir,

Conſole moi, ſers moi; rompons cette partie.

PASQUIN.

Mais, Monſieur...

CLITANDRE.

  Ton eſprit eſt rempli d'induſtrie.

Tout eſt à toi. Voilà de l'or à pleines mains.

D'un Rival imprudent, dérangeons les deſſeins.

     Tan-

Tandis qu'il va parer fa petite perfonne,
Tâchons de lui voler les momens qu'on lui donne.
Puifqu'il eft indifcret, il en faut profiter:
De ces lieux en un mot il le faut écarter.

PASQUIN.

Croïez-vous me charger d'une facile affaire?
J'arrêterois, Monfieur, le cours d'une Riviére,
Un Cerf dans une Plaine, un Oifeau dans les Airs,
Un Poëte entêté qui recite fes Vers,
Une Plaideufe en feu, qui crie à l'injuftice,
Un Manceau tonfuré, qui court un Bénéfice,
La tempête, le vent, le tonnerre & fes coups,
Plutôt qu'un petit Maître allant en rendez-vous.

CLITANDRE.

Veux-tu m'abandonner à ma douleur extrême?

PASQUIN.

Attendez. Il me vient en tête un ftratagême.
Hortenfe ni Damis ne m'ont jamais vu?

CLITANDRE.

Non.

PASQUIN.

Vous avez en vos mains un fien Portrait?

CLI.

CLITANDRE.

Oui.

PASQUIN.

Bon.

Vous avez un Billet, que vous écrit la Belle?

CLITANDRE.

Hélas! il eſt trop vrai.

PASQUIN.

Cette Lettre cruelle

Eſt un ordre bien net de ne lui parler plus?

CLITANDRE.

Eh! oui, je le ſai bien.

PASQUIN.

La Lettre eſt ſans deſſus?

CLITANDRE.

Eh! oui, bourreau.

PASQUIN.

Prêtez vîte & Portrait & Lettre;

Donnez.

CLI-

CLITANDRE.

En d'autres mains, qui, moi, j'irois remettre
Un Portrait confié?...

PASQUIN.

Voilà bien des façons:
Le scrupule est plaisant. Donnez-moi ces chiffons.

CLITANDRE.

Mais...

PASQUIN.

Mais reposez-vous de tout sur ma prudence,

CLITANDRE.

Tu veux...

PASQUIN.

Eh! dénichez. Voici Madame Horense.

SCE-

SCÈNE X.

HORTENSE, NÉRINE.

HORTENSE.

NÉrine, j'en conviens, Clitandre est vertueux.
Je connois la constance, & l'ardeur de ses feux.
Il est sage, discret, honnête homme, sincère,
Je le dois estimer ; mais Damis sait me plaire.
Je sens trop aux transports de mon cœur combattu,
Que l'amour n'est jamais le prix de la vertu.
C'est par les agrémens que l'on touche une femme ;
Et pour une de nous, que l'amour prend par l'ame,
Nérine, il en est cent, qu'il séduit par les yeux.
J'en rougis. Mais Damis ne vient point en ces
    lieux !

NÉRINE.

Quelle vivacité ! quoi ! cette humeur si fiére ?..

HORTENSE.

Non, je ne devois pas arriver la premiére.

NÉ.

NÉRINE.

Au premier rendez-vous, vous avez du dépit?

HORTENSE.

Damis trop fortement occupe mon efprit.
Sa mere, ce jour même, a fu par fa vifite
De fon Fils dans mon cœur augmenter le mérite.
Je vois bien qu'elle veut avancer le moment,
Où je dois pour époux, accepter mon amant.
Mais je veux en fecret lui parler à lui-même,
Sonder fes fentimens.

NÉRINE.

Doutez-vous qu'il vous aime?

HORTENSE.

Il m'aime, je le croi, je le fai. Mais je veux
Mille fois de fa bouche entendre fes aveux,
Voir s'il eft en effet fi digne de me plaire,
Connoître fon efprit, fon cœur, fon catactère,
Ne point céder, Nérine, à ma prévention,
Et juger, fi je puis, de lui fans paffion.

S C E-

SCENE XI.

HORTENSE, NE'RINE, PASQUIN.

PASQUIN.

MAdame, en grand secret, Monsieur Damis
mon Maître...

HORTENSE.

Quoi! ne viendroit-il pas?

PASQUIN.

Non.

NE'RINE.

Ah! le petit traître!

HORTENSE.

Il ne viendra point?

PASQUIN.

Non. Mais par bon procédé,
Il vous rend ce Portrait, dont il est excédé.

Aa HOR-

HORTENSE.

Mon Portrait!

PASQUIN.

Reprenez vîte la mignature.

HORTENSE.

Je doute fi je veille.

PASQUIN.

Allons, je vous conjure,
Dépêchez-moi, j'ai hâte ; & de fa part, ce foir,
J'ai deux Portraits à rendre, & deux à recevoir.
Jufqu'au revoir. Adieu.

HORTENSE.

Ciel! quelle perfidie!
J'en mourrai de douleur.

PASQUIN.

De plus, il vous fupplie
De finir la lorgnade, & chercher aujourd'hui,
Avec vos airs pincez, d'autres dupes que lui.

SCE-

S C E' N E XII.

HORTENSE, NE'RINE, DAMIS,
PASQUIN.

D A M I S *dans le fond du Théâtre.*

JE verrai dans ce lieu la Beauté qui m'engage.

P A S Q U I N.

C'eft Damis. Je fuis pris. Ne perdons point courage.

Vous voyez, Monfeigneur, un des Grifons fecrets,

Qui d'Hortenfe par-tout va portant les Poulets.

J'ai certain Billet doux de fa part à vous rendre.

H O R T E N S E.

Quel changement! quel prix de l'amour le plus
tendre !

D A M I S.

Lifons.

Il lit.

Hom... hom... hom...

    ,, Vous méritez de me charmer,

             ,, Je

,, Je fens à vos vertus ce que je dois d'eftime;

    ,, Mais je ne faurois vous aimer.

Eft-il un trait plus noir, & plus abominable?

Je ne me croyois pas à ce point eftimable.

Je veux que tout ceci foit public à la Cour;

Et j'en informerai le monde dès ce jour.

La chofe affûrément vaut bien qu'on la publie.

HORTENSE *à l'autre bout du Théâtre.*

A-t-il pu jufques-là pouffer fon infamie?

DAMIS.

Tenez; c'eft-là le cas qu'on fait de tels Ecrits.

Il déchire le Billet.

PASQUIN *à Hortenfe.*

Je fuis honteux pour vous d'un fi cruel mépris.

Madame, vous voyez de quel air il déchire

Les Billets qu'à l'ingrat vous daignâtes écrire.

HORTENSE.

Il me rend mon Portrait! Ah! périffe à jamais

Ce malheureux crayon de mes foibles attraits.

Elle jette fon Portrait.

PASQUIN *à Damis.*

Vous voyez; devant vous l'ingrate met en pièces
Votre Portrait, Monfieur.

DAMIS.

Il eft quelques Maîtreffes,
Par qui l'original eft un peu mieux reçu.

HORTENSE.

Nérine, quel amour mon cœur avoit conçu!

A Pafquin.

Prends ma bourfe. Dis-moi, pour qui je fuis trahie,
A quel heureux objet Damis me facrifie.

PASQUIN.

A cinq ou fix Beautez, dont il fe dit l'amant,
Qu'il fert toutes bien mal, qu'il trompe également.
Mais fur tout, à la jeune, à la belle Julie.

DAMIS *s'étant avancé vers Pafquin.*

Prends ma bague ; & dis-moi, mais fans fripon-
nerie,
A quel impertinent, à quel fat de la Cour,
Ta Maîtreffe aujourd'hui prodigue fon amour.

PAS

PASQUIN.

Vous méritiez, ma foi, d'avoir la préférence,
Mais un certain Abbé lorgne de près Hortenſe ;
Et chez elle, de nuit, par le mur du Jardin,
Je fais entrer par fois Traſimon ſon Couſin.

DAMIS,

Parbleu, j'en ſuis ravi. J'en apprends-là de belles ;
Et je veux en chanſons mettre un peu ces nouvelles,

HORTENSE.

C'eſt le comble, Nérine, au malheur de mes feux.
De voir que tout ceci va faire un bruit affreux.
Allons ; loin de l'ingrat, je vais cacher mes larmes,

DAMIS.

Allons ; je vais au Bal montrer un peu mes charmes.

PASQUIN à *Hortenſe.*

Vous n'avez rien, Madame, à deſirer de moi?

A Damis.

Vous n'avez nul beſoin de mon petit emploi?
Le Ciel vous tienne en paix.

SCENE XIII.

HORTENSE, DAMIS, NERINE.

HORTENSE *revenant.*

D'Où vient que je demeure?

DAMIS.

Je devrois être au Bal, & danfer à cette heure.

HORTENSE.

Il rêve. Hélas! d'Hortenfe il n'eft point occupé.

DAMIS.

Elle me lorgne encor, ou je fuis fort trompé.
Il faut que je m'approche.

HORTENSE.

Il faut que je le fuie.

DAMIS.

Fuir, & me regarder! Ah! quelle perfidie!
Arrêtez. A ce point poùvez-vous me trahir?

Aa 4   HOR-

HORTENSE.

Laiſſez-moi m'efforcer, cruel, à vous haïr.

DAMIS.

Ah! l'effort n'eſt pas grand, graces à vos caprices.

HORTENSE.

Je le veux, je le dois, grace à vos injuſtices.

DAMIS.

Ainſi, du rendez-vous prompt à nous en aller,
Nous n'étions donc venus que pour nous quereller?

HORTENSE.

Que ce diſcours, ô Ciel! eſt plein de perfidie!
Alors que l'on m'outrage, & qu'on aime Julie!

DAMIS.

Mais l'indigne Billet que de vous j'ai reçu?

HORTENSE.

Mais mon Portrait enfin que vous m'avez rendu?

DAMIS.

Moi? je vous ai rendu votre Portrait, cruelle?

HORTENSE.

Moi, j'aurois pu jamais vous écrire, infidèle,

Un

Un Billet, un seul mot, qui ne fut point d'amour?

D A M I S.

Je consens de quitter le Roi, toute la Cour,
La faveur où je suis, les postes que j'espére,
N'être jamais de rien, cesser par-tout de plaire,
S'il est vrai qu'aujourd'hui je vous ai renvoyé
Ce Portrait, à mes mains par l'amour confié.

H O R T E N S E.

Je fais plus. Je consens de n'être point aimée
De l'amant dont mon ame est malgré moi char-
  mée,
S'il a reçu de moi ce Billet prétendu.
Mais voilà le Portrait, ingrat, qui m'est rendu;
Ce prix trop méprisé d'une amitié trop tendre.
Le voilà. Pouvez-vous?...

D A M I S.

Ah! j'apperçois Clitandre.

❀❀❀❀❀❀❀❀❀❀❀❀❀❀❀❀❀❀❀❀

SCE'NE XIV.

HORTENSE, DAMIS, CLITANDRE, NE'RINE, PASQUIN.

DAMIS.

Viens-çà, Marquis, viens-çà. Pourquoi fuis-tu
d'ici?
Madame, il peut d'un mot débrouiller tout ceci.

HORTENSE.

Quoi! Clitandre fauroit?...

DAMIS.

Ne craignez rien, Madame:
C'eft un ami prudent, à qui j'ouvre mon ame:
Il eft mon confident, qu'il foit le votre auffi.
Il faut...

HORTENSE.

Sortons, Nérine: ô Ciel! quel étourdi!

C E-

SCENE XV.

DAMIS, CLITANDRE, PASQUIN.

DAMIS.

AH Marquis, je reffens la douleur la plus vive.
Il faut que je te parle.... il faut que je la fuive.
Attends-moi.

A Hortenfe.

Demeurez... Ah! je fuivrai vos pas.

SCENE XVI.

CLITANDRE, PASQUIN.

CLITANDRE.

JE fuis, je l'avouerai, dans un grand embarras.
Je les croyois tous deux brouillez fur ta parole.

PASQUIN.

Je le croyois auffi. J'ai bien joué mon rôle.
Ils fe devroient haïr tous deux, affûrément;

Mais

Mais pour se pardonner, il ne faut qu'un moment.

CLITANDRE.

Voyons un peu tous deux le chemin qu'ils vont
prendre.

PASQUIN.

Vers son appartement Hortense va se rendre.

CLITANDRE.

Damis marche après elle ; Hortense au moins le
fuit.

PASQUIN.

Elle fuit foiblement; & son amant la suit.

CLITANDRE.

Damis en vain lui parle : on détourne la tête.

PASQUIN.

Il est vrai; mais Damis de tems en tems l'arrête.

CLITANDRE.

Il se met à genoux; il reçoit des mépris.

PASQUIN.

Ah! vous êtes perdu, l'on regarde Damis.

CLI.

CLITANDRE.

Hortenſe entre chez elle enfin, & le renvoye.
Je ſens des mouvemens de chagrin & de joye,
D'eſpérance & de crainte; & ne puis deviner
Où cette intrigue·ci pourra ſe terminer.

SCENE XVII.

CLITANDRE, DAMIS, PASQUIN.

DAMIS.

AH! Marquis, cher Marquis, parle; d'où vient qu'Hortenſe
M'ordonne en grand ſecret d'éviter ſa préſence?
D'où vient que ſon Portrait, que je fie à ta foi,
Se trouve entre ſes mains? Parle, répons, dis·moi.

CLITANDRE.

Vous m'embarraſſez fort.

DAMIS *à Paſquin.*

Et vous, Monſieur le traître,
Vous le Valet d'Hortenſe, ou qui prétendez l'être,
Il faut que vous mouriez en ce lieu de ma main.

PAS·

PASQUIN à *Clitandre.*

Monſieur, protegez-nous.

CLITANDRE à *Damis.*

Eh! Monſieur...

DAMIS.

C'eſt en vain...

CLITANDRE.

Epargnez ce Valet, c'eſt moi qui vous en prie.

DAMIS.

Quel ſi grand interêt peux-tu prendre à ſa vie?

CLITANDRE.

Je vous en prie encor, & ſérieuſement.

DAMIS.

Par amitié pour toi, je différe un moment.
Çà maraut, apprends-moi la noirceur effroyable...

PASQUIN.

Ah! Monſieur, cette affaire eſt embrouillée en
    diable.
Mais je vous apprendrai de ſurprenans ſecrets,
Si vous me promettez de n'en parler jamais.

D A-

DAMIS.

Non, je ne promets rien; & je veux tout apprendre.

PASQUIN.

Monſieur , Hortenſe arrive & pourroit nous entendre.

A Clitandre.

Ah! Monſieur, que dirai-je, hélas! je ſuis à bout.
Allons tous trois au Bal, & je vous dirai tout.

SCE'NE XVIII.

HORTENSE *un maſque à la main & en domino,*
TRASIMON, NE'RINE.

TRASIMON.

OUi croyez, ma Couſine, & faites votre compte,
Que ce jeune éventé nous couvrira de honte.
Comment? montrer par-tout, & Lettres & Portrait?
En public? à moi-même? après un pareil trait
Je prétends de ma main lui brûler la cervelle.

HORTENSE *à Nérine.*

Eſt-il vrai que Julie à ſes yeux ſoit ſi belle,

Qu'il

Qu'il en foit amoureux?

TRASIMON.

Il importe fort peu.
Mais qu'il vous deshonore, il m'importe morbleu,
Et je fai l'interêt qu'un parent doit y prendre.

HORTENSE *à Nérine*.

Crois-tu que pour Julie il ait eu le cœur tendre?
Qu'en penfes-tu? dis-moi.

NÉRINE.

Mais l'on peut aujourd'hui
Aifément, fi l'on veut, favoir cela de lui.

HORTENSE.

Son indifcrétion, Nérine, fut extrême.
Je devrois le haïr; peut-être que je l'aime.
Tout-à-l'heure, en pleurant, il juroit devant toi
Qu'il m'aimeroit toujours, & fans parler de moi,
Qu'il vouloit m'adorer, & qu'il fauroit fe taire.

TRASIMON.

Il vous a promis-là bien plus qu'il ne peut faire.

HORTENSE.

Pour la derniere fois, je le veux éprouver.
Nérine, il eft au Bal; il faut l'aller trouver.

De-

Déguise-toi. Dis-lui qu'avec impatience
Julie ici l'attend dans l'ombre & le silence.
L'artifice est permis sous ce masque trompeur,
Qui, du moins, de mon front cachera la rougeur;
Je paroîtrai Julie aux yeux de l'infidèle,
Je saurai ce qu'il pense, & de moi-même, & d'elle.
C'est de cet entretien que dépendra mon choix.

A Trasimon.

Ne vous écartez point. Restez près de ce Bois.
Tâchez auprès de vous de retenir Clitandre.
L'un & l'autre en ces lieux daignez un peu m'attendre.
Je vous appellerai, quand il en sera tems.

S C E N E XIX.

HORTENSE *seule en domino, & son masque*
à la main.

IL faut fixer enfin mes vœux trop inconstans.
Sachons, sous cet habit à ses yeux travestie,
Sous ce masque, & sur-tout sous le nom de Julie,
Si l'indiscrétion de ce jeune éventé
Fut un excès d'amour, ou bien de vanité,
Si je dois le haïr, ou lui donner sa grace:

B b   Mais

Mais déja je le vois.

SCENE XX.

HORTENSE *en domino, & masquée.*
DAMIS.

DAMIS *sans voir Hortense.*

C'Est donc ici la place
Où toutes les Beautez donnent leur rendez-vous?
Ma foi, je suis assez à la mode, entre nous.
Oui, la mode fait tout, décide tout en France;
Elle régle les rangs, l'honneur, la bienséance,
Le mérite, l'esprit, les plaisirs.

HORTENSE *à part.*

L'étourdi!

DAMIS.

Ah! si pour mon bonheur on peut savoir ceci,
Je veux qu'avant deux ans la Cour n'ait point de
    Belle,
A qui l'amour pour moi ne tourne la cervelle.
Il ne s'agit ici que de bien débuter.
Bien-tôt Æglé, Doris... Mais qui les peut compter?

Quels

Quels plaifirs! quelle file!...

H O R T E N S E *à part.*

Ah! la tête legére!

D A M I S.

Ah! Julie, eft-ce vous? vous qui m'êtes fi chére!
Je vous connois, malgré ce mafque trop jaloux;
Et mon cœur amoureux m'avertit que c'eft vous.
Otez, Julie, ôtez, ce mafque impitoyable.
Non, ne me cachez point ce vifage adorable,
Ce front, ces doux regards, cet aimable fouris,
Qui de mon tendre amour font la caufe, & le prix.
Vous êtes en ces lieux la feule que j'adore.

H O R T E N S E.

Non; de vous mon humeur n'eft pas connue en-
    core.
Je ne voudrois jamais accepter votre foi,
Si vous aviez un cœur, qui n'eût aimé que moi.
Je veux que mon Amant foit bien plus à la mode,
Que de fes rendez-vous le nombre l'incommode,
Que par trente Grifons tous fes pas foient comptez,
Que mon amour vainqueur l'arrache à cent Beautez,
Qu'il me faffe fur tout de brillans facrifices.
Sans cela, je ne puis accepter fes fervices.
Un Amant moins couru ne me fauroit flatter.

D A-

DAMIS.

Oh! j'ai fur ce pied-là de quoi vous contenter.
J'ai fait en peu de tems d'affez belles conquêtes,
Je pourrois me vanter de fortunes honnêtes:
Et nous fommes courus de plus d'une Beauté,
Qui pourroient de tout autre enfler la vanité.
Nous en citerions bien qui font les difficiles,
Et qui font avec nous paffablement faciles.

HORTENSE.

Mais encor?

DAMIS.

Eh!... ma foi, vous n'avez qu'à parler,
Et je fuis prêt, Julie, à vous tout immoler.
Voulez-vous qu'à jamais mon cœur vous facrifie
La petite Ifabelle, & la vive Erminie,
Clarice, Æglé, Doris?...

HORTENSE.

Quelle offrande eft-ce-là?
On m'offre tous les jours ces facrifices-là.
Ces Dames entre nous, font trop fouvent quittées.
Nommez-moi des Beautez, qui foient plus refpec-
tées,
Et dont je puiffe au moins triompher fans rougir.

Ah!

Ah! fi vous aviez pu forcer à vous chérir
Quelque femme, à l'amour jufqu'alors infenfible,
Aux manèges de Cour toujours inacceffible,
De qui la bienféance accompagnât les pas,
Qui fage en fa conduite, évitât les éclats,
Enfin qui pour vous feul eût eu quelque foibleffe !

D A M I S *s'affé ïant auprès d'Hortenfe.*

Ecoutez. Entre nous, j'ai certaine Maîtreffe,
A qui ce Portrait-là reffemble trait pour trait.
Mais vous m'accuferiez d'être trop indifcret.

H O R T E N S E.

Point, point.

D A M I S.

     Si je n'avois quelque peu de prudence,
Si je voulois parler, je nommerois Hortenfe.
Pourquoi donc à ce nom, vous éloigner de moi?
Je n'aime point Hortenfe, alors que je vous voi.
Elle n'eft près de vous ni touchante, ni belle,
De plus certain Abbé fréquente trop chez elle;
Et de nuit, entre nous, Trafimon fon Coufin
Paffe un peu trop fouvent par le mur du Jardin.

        H O R-

HORTENSE.

A l'indifcrétion joindre la calomnie!
Contraignons-nous encor. Ecoutez, je vous prie.
Comment avec Hortenfe êtes-vous, s'il vous plaît?

DAMIS.

Du dernier bien: je dis la chofe comme elle eft.

HORTENSE *à part.*

Peut-on plus loin pouffer l'audace & l'impofture?

DAMIS.

Non, je ne vous ments point, c'eft la vérité pure.

HORTENSE *à part.*

Le traître!

DAMIS.

Eh! fur cela quel eft votre fouci?
Pour parler d'elle enfin fommes nous donc ici?
Daignez, daignez plutôt...

HORTENSE.

Non, je ne faurois croire
Qu'elle vous ait cédé cette entiére victoire.

DAMIS.

Je vous dis que j'en ai la preuve par écrit.

HOR-

HORTENSE.

Je n'en crois rien du tout.

DAMIS.

Vous m'outrez de dépit.

HORTENSE.

Je veux voir par mes yeux.

DAMIS.

C'eſt trop me faire injure.

Il lui donne la Lettre.

Tenez donc : vous pouvez connoître l'écriture.

HORTENSE *ſe démaſquant.*

Oui je la connois, traître ; & je connois ton cœur.
J'ai réparé ma faute enfin, & mon bonheur
M'a rendu pour jamais le Portrait & la Lettre,
Qu'à ces indignes mains j'avois oſé commettre.
Il eſt tems ; Traſimon, Clitandre, montrez-vous.

S C E-

SCENE XXI.

HORTENSE, DAMIS, TRASIMON, CLITANDRE.

HORTENSE *à Clitandre.*

SI je ne vous fuis point un objet de courroux,
   Si vous m'aimez encor, à vos loix affervie,
Je vous offre ma main, ma fortune, & ma vie.

CLITANDRE.

Ah! Madame, à vos pieds un malheureux amant
Devroit mourir de joie & de faififfement.

TRASIMON *à Damis.*

Je vous l'avois bien dit que je la rendrois fage.
C'eft moi feul, Mons Damis, qui fais ce mariage.
Adieu, poffédez mieux l'art de diffimuler.

DAMIS.

Jufte Ciel! deformais à qui peut-on parler?

FIN.

www.ingramcontent.com/pod-product-compliance
Lightning Source LLC
Chambersburg PA
CBHW050753030726
47505CB00002B/518